我就是劍仙 14

小刀鋒利 ◎著

CONTENTS

目錄

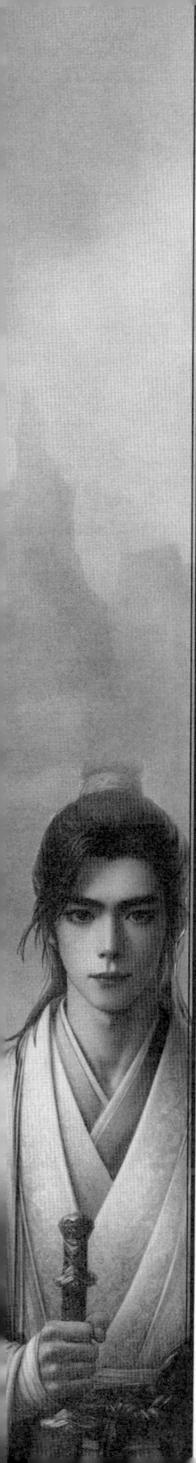

第一章

煜公子出山

黃金靈麥田這邊，年輕人先是開開心心的收割了大量靈麥，判斷師兄已經不在這裡之後，他停下了手中的事情。

那張清秀臉龐上露出一抹淡淡的嘲諷。

「還真是自以為是呢，就你聰明，就你厲害？跟個笑話一樣！」年輕人輕聲自語，隨後竟也從身上取出個跟他師兄一模一樣的羅盤、玉質骰子，也開始拋骰子，認真推演起來。

很快，他眉頭微微皺起，喃喃道：「去人間轉世重修……依然還保留著強大的神魂嗎？為什麼卦象如此混亂？是不是我的推演方向有問題？」

年輕人坐在那裡苦思冥想了片刻，突然眼睛一亮，有些興奮地道：「我不去推演劍仙子，我推演她身邊的人！」

「如果她還活著，一定不會甘心失敗，她師門主修太上忘情道，幾乎不管門下弟子死活，所以她若是想要自救，一定會培養她所創造世界的人！」

年輕人越說越是興奮，眼睛也越來越亮，自語道：「只要能夠尋找到她培養人的蹤跡和線索，豈不是就等於找到了她在人間的方向？」

「師兄啊，我知道你看不起我，覺得我就是一個什麼都不懂，膽小怕死的人，但修行者……其實是要靠頭腦的！」

年輕人說著，開始不斷拋投玉質的骰子，根據那上面給出的訊息，默默進行著推演。

忽然間，他眼中突然露出一抹不可思議的神色，失聲道：「就在這裡？周身十丈之內？這怎麼可能？」

年輕人突然回頭，然後他就看見了自己活在這世上的最後一幅畫面。

那似乎是名相貌極為英俊的年輕人！

歲數好像跟他差不多大，但是長得可真好看！

人間……怎麼會有這種人物？

這念頭才升起，就見對方向他斬出了無比恐怖的一劍。

「轟！」

化元境五重的年輕人身上一件防禦法器散發出一股強烈波動，可是都還沒能來得及釋放出防禦光幕，他的身體就已經被劍氣瞬間劈成兩半！

法器釋放出的防禦光幕這才慢半拍的亮了起來。

僅剩一點殘存意識的年輕人最後一個念頭居然是——該死的煉器部！竟然給我偽劣護身法器……

宋煜用一招「大江東去」劈了這年輕人之後，觀想金甲神將，融入到陰神當中，將剛剛離體的年輕人陰魂給抓過來。

對方魂體修的不怎麼樣，這魂體居然連陰神都不是。

年輕人甚至沒有意識到自己已經死了，畢竟這一切發生的太快了！

見一個渾身金光閃爍，宛若神祇的男子一把將自己抓住，他下意識想要動用術法予以還擊。

可是剛一動念，突然發現原本充沛的靈能竟消失得無影無蹤。

然後他就看見了自己的身體，正在緩緩地向著兩邊倒下，鮮紅的血正在地上緩緩流淌，染紅了金黃色的麥稈，看起來觸目驚心！

還沒等他發出恐懼和絕望的尖叫，宋煜的陰神抬手就是一巴掌，狠狠抽在陰魂狀態的年輕人臉上。

這一巴掌……差點將年輕人陰魂抽得魂飛魄散！

靈魂發出尖銳的叫聲，陰風四起。

「給老子閉嘴！」宋煜的陰神體一聲呵斥。配上一身閃爍耀眼的金光，威嚴十足的一嗓子當即將這年輕人的尖叫給嚇回去。

年輕人恐懼到極致，甚至完全不敢看向對面這人。

因為那一身閃爍的金色光芒，帶著一股無與倫比的可怕壓力！

彷彿與之對視，下一刻就會魂飛魄散！

「圖圖，有什麼要問的嗎？」宋煜在精神識海中試圖溝通圖圖。

「她這次消耗太大了，已徹底陷入沉睡。」回答他的是劍靈。

「那妳有什麼想問的？」宋煜問道。

「問什麼？定是仙界來的雜碎，他們這些年從來就沒有放棄過對圖圖的尋找。」劍靈意念罕見的冰冷：「這次之所以能夠尋來，應該是因為這個世界再次被啟動。」

宋煜微微皺眉：「因為我悟出了十字經文？」

「嗯。」換做以往，劍靈肯定得誇獎宋煜兩句，但這次她似乎也有些低落：「本以為時間已經過去這麼久，那些人早該放棄。現在看來，這群陰魂不散的東西從來就沒放棄過，不然不可能來得這麼快。」

「好了，我來問吧。」宋煜說著，目光森冷地看向年輕人這道羸弱的陰魂。「想去輪迴嗎？」宋煜和藹地問道。

經過道火煉化，在金甲神將的加持之下，宋煜如今的陰神體已經堪比一些普通靈體修成的陽神，對普通鬼魂來說，不是如同神祇，而是就是一尊強大的神明！

「上神大人，您放過我吧，我就是一個普通的修行者，無意中闖入此地，還請上神饒命啊！」這年輕人其實很機靈。在意識到面前這個恐怖存在是跟劍仙子有關的人之後，幾乎嚇得魂飛魄散，試圖鬼話連篇騙過宋煜。

「你師兄走後，你在這裡嘀嘀咕咕說的那些話我都聽見了，所以我只給你一次機會，想要去輪迴，就乖乖實話實說。」宋煜冷冷看著他：「我耐心有限。」

年輕人終於意識到自己早就已經暴露了，即便已經成了鬼魂，依然有一種無盡的恐懼和絕望情緒生出。

「我，我來自仙界大正古教，是一名普通外門弟子，我們每隔一段時間就會被派遣到修行界，執行一項祕密任務，就是……就是尋找劍仙子……」

當聽見「大正古教」這四個字的時候，宋煜愣住。

腦海中瞬間浮現出轉世妖物蕭擎道的「大正教」，這兩者之間很難不讓人產生聯想。

隨著這年輕人的講述，宋煜漸漸勾勒出一個比較清晰的脈絡。

仙界的大正古教，確實跟蕭擎道那個大正教一脈相承，他們也是針對圖圖比較凶狠的一股勢力。

劍仙子當年一劍斷仙路，將自己創造的世界徹底與修行界分離開來，從此人間絕地天通。

大正古教在人間建立起的勢力失去了強有力的支撐，成了孤懸海外的「孤島」。

而大正古教這邊卻並未放棄過尋找圖圖斬去的修真界，常年派出那些可以進入修行界的外門弟子，四處搜尋。

這次他們師兄弟兩人非常「幸運」的感應到一股淡淡的氣運波動，抱著試試看的心態，飛躍了茫茫不可測距的虛無天塹，終於憑藉那股氣運波動，找尋到被劍仙子斬去的一角修行界。

劍仙子的結界固然很厲害，但在面對來自仙界的法寶時，還是被切開一道裂縫。

兩人就這樣運氣絕佳的進來了！

機會總會留給有準備的有心人，隨著宋煜悟道，劍仙子創造的世界重新開始出現氣運波動。

尤其隨著小白被宋煜越餵越胖，那種承載龍脈氣運的波動，即便隔著強大的結界，也難逃仙器追蹤。

結果沒想到原本認為的好運，轉眼就變成恐怖厄運！

「我，我知道的都說了，您答應過的，要放我去輪迴……」年輕人鬼魂跪在地上給宋煜磕頭。

宋煜抬手就是一巴掌，直接將他魂體拍得稀巴爛。

「我沒有食言，魂飛魄散也能剩下一點真靈去輪迴，對吧劍劍？」

劍靈：「……」

她覺得宋煜做得沒毛病，但還是有點想吐嘈。

輪迴、重修，這對所有修行者來說一點都不陌生。

如同餓了要吃飯，渴了得喝水一樣，屬於那種根本不需要去思考的事情。

一般來說，丹道境、神魂境之上的修行者死後，既可以選擇以強大的陰神體直接修行，也可以像那些轉世大妖一樣，帶著記憶通過人類母體降生到世上，所謂生而知之的天才便是如此。

像宋煜這種一巴掌把人家陰魂打個稀巴爛，只剩下一點真靈的，按照傳說，確實依然存在於這世間，可究竟能轉生成什麼，轉生到哪裡去，那就完全不是自己能控制的了。

曾與圖圖一體的劍靈，在仙界也生活過漫長歲月，就沒見過誰覺醒過「真靈」之前的記憶。

或許，唯有達到「萬法歸宗」的神的領域，才能做到這一點。

宋煜擊殺這名同樣不是什麼好鳥的年輕仙界修行者，沒有絲毫愧疚，劍靈也不會有。

萬事萬物，只要溯本求源，找出對方的真實目的就夠了。

這是敵人，該殺！

就在這時，一道血紅色的光芒，以不可思議的速度由遠及近，剎那間洞穿虛空，出現在宋煜後腦位置。

「叮」一聲脆響，一枚巴掌大小的飛劍將這道紅光給擋住。

伴隨著一股恐怖能量波動，虛空都像是發生大爆炸，傳來轟鳴巨響。

一枚只有手指大小的紅色小飛劍被磕飛！

宋煜面無表情地轉回身，看著虛空中那名一臉震驚的青年。

「你竟然能夠察覺到我的存在，擋住我的攻擊，你是劍仙子培養出來的人？」

青年瞳孔緊縮，看著宋煜身旁被劈成兩半的師弟，眼裡露出一抹恐懼。

師弟雖然蠢了點，但對人間眾生來說，幾乎就是無敵的存在，竟然被人一劍給劈了！

他先前推演陷入短暫的誤區後，同樣也想到了去推演劍仙子身邊的人！

當發現與劍仙子有關的人就在這片區域，而且似乎就在師弟那裡的時候，他沒有任何猶豫，風馳電掣地趕回來。

一眼就看見師弟的屍體，當即毫不猶豫的出手刺殺站在師弟面前的陌生人。結果，這近乎偷襲的攻擊……卻被對方給擋住！

「嗖！」

就在青年說話的時候，懸停在虛空的紅色小飛劍再次朝宋煜急速射來。

宋煜抬手就是一巴掌，一身經過道火煉化的恐怖靈力轟然爆發，當即就將這把紅色小飛劍給拍飛不見了。

接著他從人體祕藏之地祭出道火，化作一片恐怖火海，頃刻間將這青年給吞噬。

青年身上爆發出各色光芒，大量頂級的防禦法器釋放出防禦光幕。

似他們這種身分低微的外門弟子，即便身上法器來自仙界，品質也好不到哪去，又怎麼可能擋得住最為頂級的道火之一？

這青年完全沒有任何掙扎反抗的能力，發出無比淒厲的慘叫聲音，當即就被這團道火給燒死。

連同死後的陰魂在內，頃刻間就被燒成灰燼。

「活該！」劍靈傳遞給宋煜一道非常解恨的意念。

她也確實氣壞了！

兩名仙界古教的外門弟子，螻蟻一般的存在，竟然也敢意淫劍仙子！

這樣痛痛快快的死，都屬於便宜他們了！

「仙界的化元境這麼弱？」

哪怕前面一劍劈殺年輕修士，宋煜依然做好了跟剩下這位大戰一場的準備。

結果卻是沒想到，居然這麼容易就給幹掉了。

「你也不想想你有多變態！」劍靈傳遞出一道非常無語的神念。

「身在人世間，用的卻是修行界的資源；修頂級傳承；悟無上大道；道火煉靈力；道火煉陰神……別說他們這種戰鬥經驗一般的話元境修士，就算來個丹道境的，一不留神也能被你給生生陰死！」

宋煜問道：「所以我現在也算是個高手了？」

劍靈：「除了不是很持久。」

……

「外面」人闖入到宋煜的「糧倉後花園」這件事，看起來似乎波瀾不驚的就被解決掉了，但是實際上無論宋煜還是劍靈，都知道沒有那麼簡單。

這次是結界受到攻擊被圖圖感應到，為了鎖定入侵者，幾乎耗盡這段時間積累的全部能量，動用超強神念覆蓋整個區域將那兩人精準定位，為宋煜的擊殺提供了強有力的保障。

但下次呢？

隨著宋煜悟道，小白快速成長，這個世界的氣運波動終究會被越來越多在那處巨大天塹閒逛的有心人感應到。

這次來的是化元境，境界突飛猛進的宋煜可以將其斬殺。

下次如果來的是丹道境……還有那麼容易嗎？

而且如果對方是趁圖圖沉睡修養的時候悄悄進來，就算圖圖感應到了，通知他，還能那麼容易的找到對方嗎？

就算那些人找不到兵字印的「門」，但這個「新手村安全區」，還是他一個人的「糧倉」嗎？這裡還有那麼安全嗎？

接下來的這段日子，宋煜徹底沉浸到修行當中。

兩耳不聞窗外事，彷彿徹底人間蒸發在這個世界。

看他的拚命程度，就連劍靈都有些於心不忍，經常出來勸說宋煜不要這麼拚。

前幾次宋煜都是一邊齜牙咧嘴的扛著，一邊跟她扯淡打哈哈。

最後一次，他一邊被自己的道火燒得鬼哭狼嚎，一邊無比豪爽地回應劍靈

「妳與其勸我不要這麼拚，不如來句殺就對了！畢竟這才是妳的性格！」

從那之後，劍靈再沒出來勸說過他。

而宋煜也瘋狂到不再滿足於只用道火煉化陰神，開始嘗試分魂！

一半神魂化作陰神，用道火煉化；一半陰神留在體內，用道火煉化肉身！

白天則進入修行世界瘋狂進補，收麥子搶麥子吃麥子用道火煉化靈力，修行真經，觀想臨字祕藏。

整整四個月，宋煜始終就在瓊州閉關修行，海鮮都不吃了。

……

時間一晃，來到建元二十四年四月中旬。

臨安府，皇宮。

「報！」一道急促聲音驟然於御書房外響起。

「陛下，北方急報！」

「宣！」

片刻後，一名風塵僕僕的騎士縱馬皇宮，來到官家御書房外面，大聲告稟。

「啟稟聖上，九日前齊國突然糾集大軍三十萬，民夫五十萬，自齊國潁州出發，越過邊境，於廬州城外二十里左右安營紮寨，對廬州形成合圍之勢，繼而攻打。知州許知武率廬州軍民堅守城池，堅決抵抗……下官出發之前，已擊退敵人三次大規模攻擊，知州自知堅守不了太久，特地讓下官入京求援……」

御書房門打開，露出官家那張英武而又凝重的臉。

半個時辰後，李朝恩匆忙趕到。

御書房內，李朝恩皺眉道：「齊國這是瘋了嗎？這是把他們國內所有兵力全都派出來了吧？齊兵就不擔心陛下下令讓齊王率領大軍自襄陽出發，直接開啟北伐？」

官家沉吟著道：「這會不會就是齊國背後大妖想要的？」

李朝恩愣了一下，像是想到什麼。

官家接著道：「他們那個大王……應該就是希望世道亂起來的妖。」

別人或許不了解齊國背後的妖，但見過那位大王的官家還是比較清楚的。

他看著李朝恩：「你意下如何？」

李朝恩一雙老眼射出兩道精光：「官家是想要北伐？」

官家沒有任何猶豫：「當然想！」

李朝恩一咬牙，道：「那就幹！」

他看著官家，那張有些蒼老的臉上露出一抹肅殺：「當年襄陽之恥，老奴每次回想起來，內心都是翻江倒海。哪怕過去幾十年依然無法釋懷。」

「此生無大願，一願國運昌隆綿長；二願百姓安居樂業；三願有生之年……馬踏齊地，一雪當年恥辱！」

官家喃喃道：「朕又何嘗不是如此？」

李朝恩道：「既然是從襄陽開始，那就從那裡結束，老奴斗膽請官家下令，讓齊王揮師北上，開啟北伐！」

「老奴歸來之時，並未將那五萬多精兵歸還於各部，當時就為北伐做準備，將這支已有豐富戰鬥經驗的隊伍，布置在北路安慶府邊境，距離廬州不過數百里！」

「齊國背後大妖不是想要看到戰火四起天下大亂嗎？齊坤、齊兵父子不是甘做傀儡嗎？那就滿足他們！」

「請官家再派老奴出征廬州！打完廬州，老奴再馬踏北齊，再現當年雙翼齊頭並進盛景。」

「這一次，老奴願鞠躬盡瘁，死而後已！」

官家一雙眼中隱有晶瑩閃過，站起身，深吸口氣大聲道：「好！」

李朝恩看著官家：「老奴即刻啟程，會帶上宋煜培養出的黃騰、趙風清和那名扶桑劍客松本志……還請官家幫老奴照顧好宋煜的家眷。」

儘管宋煜家裡面如今只剩幾名侍女，但無論李朝恩還是蘇朝雲，這些人從來都把她們當作宋煜家眷看待。

官家點點頭，突然問了句：「這小子太野了，人家說他一身江湖氣，他還真的把自個當個江湖人了，真是的，自西遼回來就不見蹤影，最過分是連點動靜也沒有，到底跑哪去了？」

李朝恩搖搖頭：「他說他要藏起來閉關修行，老奴也不……」就在這時，門口突然再次傳來太監的輕聲提醒——

「官家，楚相求見。」

官家跟李朝恩相互對視一眼，官家道：「讓他進來。」

片刻後，楚清輝大步流星進了御書房，對著官家躬身拱手，隨後看向李朝恩：「樞密使，好久不見，雅州平叛這一戰打的好啊！」

「托楚相您的福。」李朝恩皮笑肉不笑的點點頭，看著官家：「既然楚相有事找聖上，老奴就先告退了。」

官家道：「事不宜遲，你即刻動身吧，這次寡人就不送你了，待你凱旋歸來，寡人出城十里……迎你歸來！」

李朝恩一拱手，轉身離去。

他走之後，楚相看著官家道：「官家這是要派樞密使去廬州？」

官家點點頭，甚至沒有問他才知道的事情，楚相怎麼這麼快就知道了。

楚清輝有一套屬於他自己的班底，知道這件事情並不稀奇。

「齊國為何會突然揮師南下？」楚相看著官家，皺眉道：「按說他們現在根本不具備這個能力，派出這麼多兵力，難道就不擔心國內空虛，被人乘虛而入？」

官家道：「或許是接連吃虧之後，齊皇惱羞成怒，想給寡人一個教訓？」

楚相看著官家道：「恐怕是齊國背後的大妖想要他們這麼做吧？」

官家看了他一眼，道：「也有這個可能。」

楚清輝輕嘆，語氣誠懇的道：「官家，你我君臣一場，相伴二十餘載不容易，臣想跟官家坦誠相待，也請官家……坦誠待臣！」

官家一雙眼眸裡，陡然射出兩道淩厲光芒，看著楚清輝；楚清輝微笑與之對視。

官家淡淡道：「寡人與楚相什麼時候不坦誠了？」

楚清輝道：「官家其實真的不用這樣防著臣，臣……未必真的是您的對手。」

官家淡淡說道：「楚相你這疑神疑鬼的毛病該改改了，說實話，寡人如果真的有那種本事，楚相如今怕是……墳頭草都三尺高了。」

楚清輝笑道：「可臣總覺得官家隱藏了太多東西，總有種所有人都是官家棋子的感覺。」

官家道：「那是你的錯覺！」

他說著，站起身，背手來到窗前，看著院子裡桃紅柳綠的風景，悠悠說道：「寡人說不修妖法，就是不修那妖法！說不與那些妖物為伍，就是不與牠們為伍！」

「寡人或許時日無多，但在咽氣之前，肯定要看到北伐成功！」

「在這過程中，誰擋在寡人面前，寡人都不會放過！」

「這次寡人已經下令，讓齊王揮師北上！」

「你不是說，齊國背後那位大王想看到這種場景嗎？寡人成全他！」

官家轉回身，看著楚清輝道：「楚相可知，在寡人內心深處，最大的仇人從來不是你，甚至……寡人從來沒把你當成仇人過！」

楚清輝沉默了一下，道：「為何？」

「因為你不配！」官家淡淡說道：「昔日你從北方逃回，來到寡人身邊，寡人是否有重用你？」

楚清輝點點頭：「有。」

官家看著他：「你說宋煜升官太快，是否忘記了你的升遷速度，絲毫沒比他慢多少，而且他的幾乎都是虛職，而你楚相是實權！是寡人之膀臂！」

楚清輝沉默不語。

官家繼續說道：「寡人是否與楚相推心置腹，說過這天下不是寡人一個人的，而是所有漢家子民的？」

楚清輝再次點頭：「說過。」

官家看著他：「楚相確實在那段艱苦歲月給予寡人極大幫助，寡人也以國士待之，然而後面，楚相又是如何做的？」

楚清輝坦然道：「蓄養陰神，圖謀天下。」

官家搖搖頭：「不，你是在殘害生靈，禍亂朝綱！」

「饒是如此，寡人也從來沒把你放在眼中過，原因很簡單，你，只是大妖的玩物傀儡罷了，只說這一點，你就不配成為寡人的對手。」

「寡人胸懷天下，而你，不過是一隻為了私利的蠹蟲而已！」

「所以你有什麼資格始終在寡人面前表現出一副泰然自若，平等相處的姿態？」

「你楚青，配嗎？」

楚清輝並未生氣，甚至還露出一抹微笑，看著官家道：「官家是覺得培養出一個宋煜，就能改變這一切？」

官家道：「寡人都不清楚這小子現在跑哪去了，一品親王，卻跟個江湖人一樣。」

楚清輝道：「昔年劍仙子都最終折戟沉沙，就算他宋煜真是劍仙子的傳人，真的修了仙法，又能如何？」

官家非常認同的點點頭：「所以說，寡人從不覺得僅憑一人就能改變趙國局勢，但寡人依然還在努力！你再看看遼國皇帝，那是什麼胸襟格局？」

不等楚清輝回答，官家接著道：「就連寡人最痛恨的齊國太上皇齊坤那條老狗，單打氣度上看，也遠非你楚清輝所能比的，我們才是一個層面上的人！」

「而你楚青不過是一條妖怪的狗罷了，你自以為是的那些事情，在寡人看來簡直就是個笑話！」

「運籌帷幄決勝千里？被宋煜一個二十來歲的年輕人給打得落花流水。」

「布局強大老謀深算？算來算去，除了與妖物捆綁越來越深，陷得越來越深之外，你還有什麼？」

「估計就連這次入宮來見寡人，也是被你那妖怪兒子指使的吧？」

「所以楚相啊，你捫心自問一下，你到底算個什麼東西，總是把自己放到與寡人一個等級的位置上？」

官家嘴角泛起一抹嘲諷的笑容，語重心長的道：「哪怕你最為自信的修行境界，在如今這個時代，也未必真如你自己想像的……那樣無敵！」

楚清輝一臉驚疑不定地看著官家：「你……你果然……」

官家打斷他的話：「朕說了，朕不修妖法！好了，朕還有很多事情要做，楚相就先回去吧。」

楚清輝深深看著官家，眼中滿是震撼。他沉默了幾個呼吸，終於還是衝著官家躬身拱手：「臣，告退！」

官家面無表情地說了句：「要是你剛剛有勇氣動手試探一下，朕倒是還能高看你一眼。」

楚清輝轉身就走。

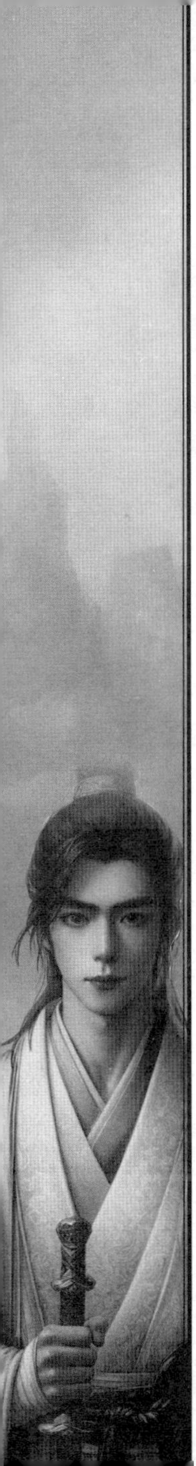

第二章

匹夫有責

相府。

楚清輝臉色難看，胸口劇烈起伏。

楚義一臉怒火，大聲道：「狗官家欺人太甚！爹，只要您一聲令下，孩兒這就帶人殺入宮中，砍死他這個狗東西！」

楚仁在一旁皺眉低聲喝道：「亂說什麼？就憑你這點本事，那位一根手指就能把你鎮壓！」

楚義大怒，道：「先前被宋煜那賊廝欺辱，我們忍了；如今又被這狗官家欺負，我們還要忍……我們相府什麼時候這麼窩囊過？」

「三公子」楚晗安靜坐在那裡，一言不發。

「二夫人」素雅這會看向楚清輝，柔聲道：「楚郎，要不我進宮一趟？」

楚清輝深吸一口氣，搖搖頭道：「不要。」

素雅認真說道：「即便他真的很強，也未必就能留得住我，不試試的話，總覺得心有不甘。」

楚晗這時開口說道：「沒什麼好試的。」

楚義冷冷看著他道：「什麼意思？」

楚晗看了楚義一眼，沒說話。

楚清輝沉聲道：「你先出去，這裡沒你的事情，不許惹是生非！」

楚義：「……」

他算看出來了，這個家已經被別人給占據，早沒了他跟大哥的位置，於是很快就怒氣衝衝地轉身就走。

楚清輝看向楚晗，問道：「我有點不太明白。」

楚晗道：「這位官家確實藏得很深，他再三強調不修妖法，背後沒有大妖，其實已經等於在向你明示，他的背後……是人！」

楚清輝當即愣住。

楚晗淡淡說道：「或許他覺得自己已經勝券在握了，不想再繼續這樣隱藏下去，也有可能是因為北伐在即，擔心你在後面扯後腿。」

楚仁沉吟著道：「為什麼……就不能是故布疑陣，故弄玄虛呢？」

他雖然也不喜歡這個憑空冒出來的「三弟」，但在態度上，卻始終保持著相對溫和。

楚晗看了他一眼，道：「到了一定層級，故弄玄虛的成功機率會變得無限小，被人強行掀開底牌的可能性無限大。」

楚仁當即聽明白了，臉色變得有些難看，道：「也就是說，官家真的沒撒謊，他的實力可能非常強大？」

楚晗點點頭：「不過倒也不必特別擔心，他選擇在這種時候說出這件事，更大可能是擔心北伐受阻。」

他看著楚清輝：「別看他嘴上說得囂張，實際還是有點虛的，如果真有把握掀翻我們這一系，他不會等到今天。」

楚清輝這會終於緩過來一點，點點頭道：「我明白這道理，但今日……確實有些被氣到了，我沒想到他竟會如此辱我！」

楚晗笑道：「能夠從一個沒什麼存在感的皇子，逃回來後成功登臨帝位，雖然談不上有多大建樹，但也將國家治理得國泰民安，又豈能沒有兩把刷子？」

楚清輝看著楚晗欲言又止，他剛剛只跟這些人說了被官家嗆臉嘲諷，卻沒說關於他跟少年楚晗關係那段，當時只覺得胸中充滿憤怒，整個人都快要炸了。

此刻他想問下一步該怎麼辦時卻猛然間警醒過來。

他楚清輝看似權傾天下，可實際上卻真的就像官家說的那樣──他，不過是妖物的傀儡罷了。

這念頭一生出來，楚清輝又馬上感覺到警惕。這會不會是……官家故意離間？

楚晗並未留意到楚清輝的心理活動，接著說道：「他想北伐，就讓他去好了，我會出手，讓他先折斷一隻膀臂。」

「另外，就像我從前和你說過那樣，想要天下，就一定得先把臉面扔掉。」

「趙國百姓如今無比尊崇宋煜，也不是因為他說了那些富有哲理……非大儒不能講出的話，而是因為他強勢霸道，對內拔除陰神邪教，對外橫掃強敵！」

「世人信奉的……從來都只有武力！」

「教人向善，讓人學好，要臉面要名聲……那是上位者的御下手段！」
「因為只有下面的人都善良，都軟弱好欺，上位者才可以盡情的壞！」
「楚相你不是看不透這些，但你的骨子裡終究還是有太多讀書人的東西，你啊，書都讀傻了！」
「哪怕趙國的開國太祖，當年使手段奪了人家孤兒寡母天下之後，不也遭遇了滾滾罵名，但他在乎了嗎？影響他趙氏皇族傳承了嗎？」
「民間的聲音是隨時可以扭轉的，只要到時候你隨便出些惠民的施政方針，要不了多久，你就是一代明君了。」
房間裡的素雅跟相府長公子楚仁全都被「三公子」這番話給說得目瞪口呆，眼裡唯有震撼。
楚清輝臉色終於恢復了正常，喃喃道：「你說得對，我受教了！」
……
當宋煜得知齊國率軍攻入廬州，李朝恩前去解困；齊王趙旦率領包含三萬騎兵在內，總數十萬大軍殺入齊國的消息時，已是五月中旬。
從新年到現在，他幾乎過著與世隔絕的日子。
在這種資源豐沛，沒日沒夜的修行下，他的進步之巨大就連劍靈都感到讚嘆。
如今經過煉化，品質上比靈能還高的靈力已經占據丹海十分之一區域。

而這，幾乎已經相當於一個靈元境巔峰的修行者填滿所有人體穴道湖泊和丹田的能量！

換言之，宋煜如今在能量的「量級」儲備上，已經達到靈元境巔峰，在「質」上更是超越化元境！

從肉身到神魂，經過道火的不斷煉化，如今都已經強大得離譜。

陰神無需融合金甲神將，光天化日行走在烈日之下，便是化元境也幾乎無法分辨這是陽神還是肉身。

他的肉身強橫程度堪稱恐怖！

他站著不還手，化元境七八重以下高手在短時間內，甚至難以破開他的身體防禦！

值得一提的是，宋煜終於可以神魂御劍了！

一縷分魂進入飛劍，百里之內轉瞬即至，來去自如！

這，才是他瘋狂提升自身境界所帶來的最大改變！

身在人間，已成劍仙！

他原本打算繼續修行，大不了再這樣修行一年，徹底「灌滿」浩瀚丹海，但在得知北伐已經開啟，李朝恩也前往廬州的消息後，還是決定回去。

不是害怕被人搶了氣運，而是不放心老李這個真心待他的長輩。

齊國既然敢糾集幾十萬老爺兵就攻打進來，不可能一點準備都沒有。

他們背後是「亂世妖」，面對底蘊強大的遼國或許不會輕易下場，但這不代表他們在跟趙國的戰爭中也選擇不下場！

他之前就懷疑當年被封印的人和妖當中，有很早就掙脫封印，如今已經踏入丹道境的大能，老頭就算再強，也不可能是這種強者的對手。

除去黃叔一家，這名從小就在護著他的軍神老太監，就是他在這世上最親近的人。

這一點，蘇朝雲也比不了。

……

廬州城外，數十萬大軍將整座城圍得水洩不通。

知州許知武此刻站在城頭，臉色有些凝重的看著二十里外，一眼望不到盡頭的齊軍軍營和那些招展的旌旗。

他看起來面容很憔悴，鬍鬚凌亂。

五月的天氣算不上特別炎熱，但他身上卻已經有了一股很難聞的味道。

許知武記不得自己多少天沒洗過澡了，他也不在意。

自從敵人攻打過來，他幾乎連城頭都沒有下去過。以文官身分，始終在第一線督戰。

經過楚州、雅州以及各地陰神邪教的事情之後，各地官員全都比過去警惕很多倍。

同時因為宋煜的出現，趙國百姓也是空前團結。

民心可用！否則這座古城可能連對方第一波攻擊都撐不住，就得像當初楚州一樣失守，生靈塗炭。

還好，如今已經過去這麼多天，敵軍嘗試了各種攻城手段，這座城依然還在他們手裡。

他對得起自己這一身官衣，和這一州父母官的身分。

這當中最讓他頭疼的其實並不是那幾十萬大軍。

被宋煜帶幾百人就給橫掃一通的齊國各地守軍，早在全天下面前暴露出他們的虛弱與無能。

真正讓他感到憂心的，是這支隊伍裡面有大量「超綱」強者！

城裡有見識的強者說這些人都是體內被種了妖種的妖兵！

一個個戰力強悍，非常不好對付。

昨天夜裡就有至少三百名這種妖兵，試圖從防禦最弱的一面攻城，從天空到地下，簡直無孔不入！

要不是這邊軍民一心，硬是用箭雨、熱油、巨石給擋住，後果不堪設想。

這一戰也打得他心力憔悴。

他已經接到監妖司透過遊隼傳遞過來的密信，說樞密使李朝恩已經出發，很快就會到達，讓他們先堅持一段時間，很快就會有援兵到來。

許知武看著幾十里外的地方軍營，心中輕輕一嘆，喃喃道：「若是只有這幾十萬普通齊軍，別說堅守一段時間，就算堅守幾年我也有信心，可現在……」

身為這座城的父母官，他非常清楚，如果對方接連用那些妖兵騷擾的話，這邊的戰略資源很快就會耗盡，根本堅持不了多久。

這時身邊一名侍衛突然間毫無徵兆的一把推向許知武，將他推了個趔趄。都沒等許知武反應過來，一支冷箭驟然射穿侍衛的心臟！

這突如其來的一幕讓許知武瞬間出了一頭冷汗，下意識躲在城牆的牆垛後面，目眥盡裂地看著那名已經氣絕的年輕侍衛。

哪怕這些天已經見多了生死，此刻依舊忍不住老淚橫流。

接連不斷的強弩深深扎在附近的城牆和牆垛上面，發出一聲聲令人心悸的聲響。

大量守城士兵第一時間豎起大盾，將這片區域保護起來，隨後開始用弓箭進行還擊。

「噹！噹！」

強弩射在盾牌上，爆發出震耳欲聾的轟鳴巨響。

「大人，您先下去吧，這裡太危險了！」一名軍官扯著嗓子大聲喊道。

許知武深吸口氣，微微擺了擺手，說道：「不要管我，架好床弩，準備好熱油和石塊，一定要注意，千萬不要被敵人趁機偷襲！」

說話間，一陣密集箭雨襲來。

金屬盾牌的轟鳴巨響連成一片，木質盾牌幾乎瞬間就跟刺蝟一樣，其中一些厲害的甚至將木質盾牌射穿，當場將後面的守軍射殺。

這時傳來一陣床弩發射的爆鳴。

許知武順著盾牌縫隙勉強往外看去，就見那邊天空中衝過來幾十道身影。

凌空飛行！又是那些該死的妖兵！

全都是先天境界的高手，這種一兩個在戰場上根本改變不了什麼。

但幾十上百個……那就有點太恐怖了！

「噗！」

一支床弩箭矢穿過一名妖兵身體，對方當即發出一聲淒厲慘叫，從半空中跌落下去。

可剩下那些就像是沒看見，渾身散發著衝天妖氣，依然朝著這個方向衝殺過來。

這邊甕城裡面的戰士開始朝著天空射箭，大量箭雨覆蓋之下又射落兩名，剩下那些也終於轉頭回去。

可沒過多久，又有一波妖兵從天空中飛來！

短短半個時辰，就有三波妖兵用這種方式攻城。

雖然最終都被打回去，可城裡的箭矢損耗速度……無比驚人。

住。

許知武一臉惆悵，敵人如果一直這麼騷擾，廬州這邊怕是連三天都堅持不

這時一群江湖人在廬州雲海武館館主的帶領之下找過來。

領頭人名為「夏光烈」，廬州本地人，在這邊江湖上有著赫赫威名。五十出頭的年紀，穿著一身灰色勁裝，臉色肅然，身上充滿威嚴。

這是個真正的高手，九級大宗師，只差一步就能踏入先天領域。

最近這段時間帶領廬州江湖人始終奮戰在守城第一線。

因此跟許知武也已熟稔，過來之後，夏光烈直接一拱手，沉聲道：「大人，敵軍那些先天妖兵太過強大，我們箭矢都要耗盡，這樣下去不是辦法，我們商量了一下，打算今天晚上出去偷營。」

許知武連連擺手：「不行不行，如果對方沒有妖兵，我不會阻攔，若是能讓敵軍炸營，自然是一件天大好事，可現在你們過去……不就是送死嗎？」

夏光烈剛毅的臉上露出一絲笑容，道：「許大人，我們認真觀察過，那些妖兵居住的營帳是跟其他齊軍分開的，我們只要小心一些，偷偷溜出去，衝擊一下普通齊軍的軍營，是有可能引起他們慌亂的。」

「殺進去之後，就大喊煜公子來了！齊人最害怕的就是我們這位勇王殿下，只要聽見這名字，必然慌亂！」

「到時您讓城中士兵擂鼓，吹響攻擊號角，做出一副大軍偷營假象，他們必

然炸營！」

許知武略一思忖，明白夏館主說的有道理，齊軍確實害怕煜公子。

「可問題是……你們這群人就算成功，又要怎麼回來？」

這才是他最為擔心的事情！

就算這些普通齊軍都是齊國各地的老爺兵，戰力不怎麼樣，但那一千妖兵終究不是擺設。

一群先天境界的可怕生靈，彼此間的營帳相隔最多也就六七里，眨眼間就能趕到。

夏光烈聞言笑笑，道：「大人，我們就沒打算回來。」

許知武愣住，那張有些粗糙的臉上，浮現出一抹震撼。

夏光烈道：「繼續被敵人這樣圍著騷擾，要不了多久我們就會被破城，而樞密使那邊的援軍又不知道什麼時候能到來，想要拖延時間只能用這種方法。要真的能讓那邊徹底炸營，幾十萬大軍相互踩踏起來可不是鬧著玩的！必定死傷慘重！」

許知武看著一臉從容平和的夏光烈，眼圈有些紅，沉聲道：「這……」

夏光烈拱手，認真說道：「大人是個好官，廬州有大人在是全體百姓之福，我們雖然是一群江湖中人，卻也懂得國家興亡匹夫有責。更別說憑藉我們的戰力，在那種黑暗的混亂當中，敵人未必就能殺得了我們！」

他說著解開自己的勁裝，露出裡面齊國士兵的軍服：「我們這群兄弟，可以扮做齊軍的樣子，每個人的手臂上纏繞一條白布用以辨認。若是戰死，就當給自己戴孝！」

其他人這會也都紛紛開口，看起來已經是提前商議好了，就算許知州不答應，這群桀驁不馴的江湖漢子怕是也要這麼做。

許知武一臉動容，衝著夏光烈等人深深一抱拳：「我明白了，本官就在這裡……預祝諸位壯士，凱旋！」

夏光烈等人也都一抱拳，迅速離去。

……

深夜，許是白天累到了，這一夜齊國妖兵並未前來騷擾。

許知武站在城頭，遙望著二十里外那片宛若滿天星辰，燈火點點的齊國軍營。

沒過多久，那裡猛然間亮起一道火光。

熊熊烈火被潑了油以後，迅速燃燒起來，巨大的火苗子衝向夜空深處！

隨後齊國軍營各處有無數火光亮起！

下一刻，一陣驚天動地的喊殺聲自那邊傳來。

許知武是個文官，正常情況下是聽不見那麼遠的聲音的，但那些喊殺聲實在是太大了！

二三十個宗師境界的廬州城江湖高手，帶著上百名暗勁武者，數百個明勁武者，在敵人完全沒有預料的情況下突然殺進去，造成的殺傷相當恐怖。

許知武甚至可以清楚聽見夏光烈這個大宗師的聲音——

「你們這群雜碎！」

「煜公子帶著我們來殺你們這群雜碎！」

「一群垃圾，受死吧！」

許知武見狀，頓時下令。

很快，城裡蒼涼的號角聲被吹起，驚天動地的鼓聲隆隆。

大量站在城牆上的士兵怒吼著：「殺！殺！殺！」

不清楚發生了什麼的百姓紛紛驚慌失措的走出家門，手裡握著鋤頭、鐮刀、斧頭、菜刀……然而卻發現整座城除了這些聲音之外，根本沒有任何動靜！

他們是一頭霧水，齊軍這邊的軍營卻是頃刻間炸開了鍋！

就像夏光烈判斷的那樣，他們這點人，對一片綿延十幾里，一眼望不到盡頭的超大軍營來說根本不算什麼！

即便四處放火，最多也只能引起一點慌亂。

可只要提到「宋煜」這個名字，那麼一切……就完全不同了！

尤其是對那些被宋煜「禍害」過的齊軍來說，這兩個字的力量可抵千軍萬馬！

平日聽見這個名字都會哆嗦，更別說這是在趙國的大地上更是敏感到極致。

只聽見這名字，無數人甚至連衣服都來不及穿，丟盔棄甲，瘋狂四散奔逃。

齊軍這邊的主將……這些日子非常低調，幾乎面都沒怎麼露過的趙王齊珏殿下正在修煉。

突然間聽聞宋煜來了，整個人都嚇得一激靈。

下意識的反應，竟跟那些成了驚弓之鳥的士兵一般無二，「嗖」的一下就衝了出去，無比精準的落到大黑馬背上，將先天高手的能力展現得淋漓盡致。

此時四面八方的軍營都是火光衝天，早已亂作一團，人喊馬嘶。

遠方號角爭鳴，鼓聲隆隆，根本分不清究竟有多少敵人。

夏光烈那群宗師、大宗師境界的高手為了把這場戲演的更真實些，一個個幾乎捨生忘死，穿著齊國的軍官、士兵服裝大殺四方。

但殺是次要的，主要是喊！

「你們這群狗雜碎，煜公子去年帶著幾百個人就把你們打得落花流水，現在居然還有膽子來到這種地方？」

「哈哈哈哈，三生有幸見到煜公子，今日就算戰死在這裡也值了！」

「我趙國戰神煜公子來了，今天我們誰都不會死！」

「跟著煜公子殺！」

「跟著煜公子立大功啊！」

齊珏只感覺到一陣無比壓抑的氣悶，換做以往，他肯定大吼一聲：「宋煜小兒過來送死。」

可現在他連半點聲音都不敢發出，只催促著大黑馬朝一千名妖兵所在的營地猛衝。

他不是去搬救兵，他是想要進入那片營地躲起來！

反正有這一千妖兵在，相信宋煜只要沒瘋，就不可能跑去送死。

就在齊營開始混亂的時候，一千妖兵所在的軍營就已經聽到動靜。

一名靈元境妖將在聽見宋煜名字之後，第一時間制止了有些躁動的一眾妖兵。

「他媽的，不準跑！」

「都給老子留在原地別動！」

「宋煜又能怎樣？那邊幾十萬大軍，還有四五十萬保障後勤的民夫，就算讓他隨便殺，最終都得把他給累死！」

「所有人聽令，穿戴好盔甲，嚴陣以待！」

「若是那宋煜敢來，就一起上！」

這名妖將聲音很大，也很霸氣，但說出來的話，卻根本不是要去迎戰，而是擔心宋煜殺過來！

……

隨著時間推移，亂成一片的齊軍陣營裡面很多將領漸漸發現……事情好像有些不對勁！

感覺前後左右全是自己人，但敵人在哪呢？

繼而他們發現，根本沒有什麼敵人攻打進來，更沒看見那個如同齊軍夢魘的煜公子身影！

所以，這分明是趙軍那邊的陰謀！

再怎麼糜爛的軍隊，也總會有幾個還算不錯的將領，意識到問題不對之後，大量齊軍將領開始紛紛收攏部下，試圖將局面給穩住。

好死不死，就在這時，殺紅眼的一群廬州江湖好漢當中出了一個機靈鬼，扯著喉嚨大吼一聲：「齊珏死啦！」

他這一喊，其他老江湖完全沒有任何猶豫，當即予以天衣無縫的配合——

「齊珏被煜公子一劍斬了腦袋！哈哈哈哈！痛快！」

「壯志飢餐……什麼幾把滷肉來著？幹他娘，反正齊國狗王爺死啦！」

「太他媽的痛快了！跟著煜公子，果然威風！」

這些宗師、大宗師境界的武者，體內真氣、真元相當充沛，扯著嗓子怒吼簡直如同打雷，傳個幾十里出去輕輕鬆鬆。

才有一點安穩跡象的齊軍大營，這下徹底炸鍋了！

神仙都阻止不了的那種。

主將都死了，我們還在這裡做什麼？

「兄弟們快逃命去吧！」

「煜公子帶著幾百人就能橫掃我們，如今我們還在別人的地盤上，人家又有大軍無數，我們王爺都死了，誰還能救我們！」

「那些妖兵見死不救，看見了嗎弟兄們？我們被打得如此悽慘，那群王八蛋依然選擇袖手旁觀……」

「草他媽的妖兵見死不救啦！」

混在亂成一團的齊軍中的一眾明勁暗勁武者，也都紛紛扯著嗓子大喊起來。

有負責用宋煜名字嚇唬人的，還有扮成齊軍動搖軍心的。

誰都沒能想到，僅憑一個人名，幾百個熱血江湖人組合在一起，居然能動搖一座幾十萬人的軍營根基！

看似無比魔幻的一件事情，就這樣發生了！

已經快要逃到妖兵軍營的齊珏也聽見有人說他死了，當即怒不可遏，剛想大聲咆哮說本王活得好好的，突然間他渾身寒毛全部炸起！

幾乎沒有任何猶豫，他身子一倒，就要往馬腹藏去。

「嗖！」

一支巴掌大的小飛劍驟然射來。

眼看就要被反應極快的齊珏給避開，但去像是長了眼睛一樣，竟然隨著齊珏下落的身子，直接追上去。

「噗」一聲輕響，小飛劍從齊珏後腦進入，眉心穿出。

接著又「噗噗噗」接連幾下，將齊珏身上所有要害全都扎了個遍，齊珏當場氣絕身亡！

茫然離體的陰魂，被一道突然間出現金色身影一巴掌拍了個稀巴爛。

堂堂齊國親王，就這樣糊裡糊塗的死在這裡，至死都不清楚殺他的人是誰！

隨後一名黑衣人衝上去將齊珏腦袋給割了下來！

下一刻，他衝天而起，凝立虛空，眼睛盯著那邊妖氣衝天的妖兵軍營，冰冷聲音瞬間壓過一切噪音，傳進每一個人和妖的耳朵裡。

「本王宋煜，現已將敵軍主將，齊國的趙王齊珏斬殺，人頭就在這裡！所有齊軍，跪地投降者免死，負隅頑抗者……殺無赦！」

剛剛還在瘋狂吶喊造假的夏光烈一群人全都傻了，腦袋瓜子全都「嗡」的一聲，根本不敢相信自己聽到的東西。

我們居然真的將煜公子給招來了？我的天啊！

大宗師境界的夏光烈抬頭望向夜空，那裡有一道淵渟岳峙的身影凝立在虛空。

手上……確實抓著一顆人頭！

真的是煜公子？

他們這群人甚至不敢相信。

廬州城頭之上，知州許知武在聽見「本王宋煜」那四個字的瞬間，渾身熱血剎那間就沸騰起來，差點就直接下令讓所有城裡面的士兵出城殺出去。

可就在這時，突然間有一道聲音傳到他的耳朵裡：「許大人不要輕舉妄動，堅守城池，那不是宋煜！」

許知武：「啊？」

……

就在這時，一千名妖兵妖將的軍營這邊，率領一眾妖兵的主將突然間怒吼一聲：「不對，你根本不是宋煜！」

這一嗓子聲若雷霆，當即將無數被嚇破膽的齊軍給驚醒，紛紛驚疑不定望向夜幕中的妖兵軍營方向。

這時就聽天空中那道身影冷冷說道：「都這種時候，還敢胡說八道？看本王飛劍斬你！」

說話間，一把小飛劍霎時出現在那名妖將面前，速度簡直快到不可思議！

「噗」的一下射進這名靈元境妖將的眉心。

「啊！」妖將發出一聲驚天動地的慘叫，身上爆發出衝天妖氣。

體內的妖種在這一刻轟然爆開，瞬間生出無數道根鬚，剎那間就將這人一身血肉吸得乾乾淨淨，化成一具乾屍。

接著這枚妖種瞬間化形成一個相貌醜陋的怪物，衝著天空發出憤怒咆哮。

與此同時，那邊已經被砍了腦袋的齊珏也是一模一樣，身體迅速乾癟下去，從他體內爬出一頭渾身沾滿黏液的猙獰怪物，也對著天空那道身影嘶吼。

天空中那道身影身上驟然爆發出璀璨奪目的金色光輝，幾乎將整片天空映照得亮如白晝。

「睜開你們的狗眼好生瞧瞧，本王不是宋煜，又是何人？」

說話間，這道身影駕馭那把小飛劍，分別朝著兩個變成妖物的東西射去。

「嗖！」

從齊珏身上跳出來的那頭怪物動作無比敏捷，竟一下子避開了飛劍的攻擊，張開血盆大口，朝著天空的身影撲過去。

一支突如其來的冷箭當場就將這怪物從半空給射落下來，隨後才傳來一聲恐怖音爆。

接著一名身材高大的年輕人手中拎著一根黃銅棍，渾身爆發驚天動地的血氣，怒吼著衝進這群妖兵的兵營。

一棍子一個，當場就將這群妖兵給砸得稀巴爛！

「叫你們吸食血肉，爺爺把你們打成肉泥！」

又有兩名身手頂尖的劍客，如同兩道徹底融入黑暗的幽靈，每劍都幾乎能夠帶走一條生命。

擔心敵軍死後變成怪物，趙風清和松本志在出手的時候都會多出幾劍，將這些妖兵斬成幾段，然而這卻並不能阻止怪物的出生！

除非能像黃騰那樣無比暴力的把妖兵連同體內妖種一起砸成肉泥，否則就算不能吸收寄生體的全部血肉，也阻擋不了這些妖種迅速變成怪物。

剛剛去通知許知州不要輕舉妄動的蘇朝雲也迅速趕來，加入戰鬥。

高天之上這道身影，確實不是宋煜。

這是李朝恩！

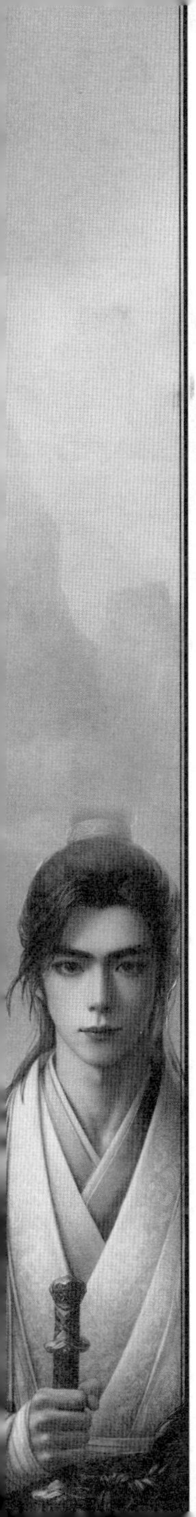

第三章
血戰

老頭帶著燕雲霞、蘇朝雲、黃騰、趙風清和松本志五人從臨安出發，騎快馬一路疾馳。

中間幾乎未作任何停留，除了在各處驛站換馬，很多時候連吃喝都是在馬上解決！

趕到廬州地界時已經很晚，還沒進城，就發現齊軍陣營大亂，隨後就聽見一群廬州城裡面的江湖人在那邊瘋狂「造謠」。

說是在煜公子的率領之下，來殺你們這群敵寇！

宋煜的名字威力太大了！

當時並不清楚是造謠的李朝恩等人一聽頓時朝著那邊衝過去。

到附近一看才知道，哪裡有什麼宋煜，分明只有一群被逼急了的江湖好漢試圖用這種方式跟敵人殊死一搏。

李朝恩當機立斷，決定假扮一次自家孩子。

讓蘇朝雲去通知廬州知州不要輕舉妄動，他則把臉一蒙，聲音一換，說話方式跟語氣竟真的有幾分神似宋煜。

在爆發出真正實力，斬殺齊軍統帥齊珏後，發現這種冒充竟然取得了不可思議的戰果，老夫聊發少年狂的大總管乾脆決定假扮宋煜到底！

但面對這上千妖兵，李朝恩心裡清楚，哪怕他跟黃騰這群人今天拚了命，怕是也很難將其全部殲滅。

但戰爭這種事情，哪有一天就打完的？

如果能在今晚取得巨大的戰果，將這幾十萬齊軍給打散，等他即將到來的那支大軍一過來，甚至有機會全殲了這支齊軍！

五萬打幾十萬的戰績，歷史上也不是沒有發生過。

在他看來，除了這裡的妖兵營，剩下幾十萬齊軍就是一群烏合之眾，真實戰力可能都不如雅州那邊作亂的叛軍！

至於被齊國強徵來的五十多萬保障後勤的民夫，絕大多數都是漢人，這些人更不可能傻乎乎跑去給齊人賣命。

想通這些問題之後，老李徹底投入其中。

……

「殺！」李朝恩揮動手中長劍，身上散發耀眼的金色光芒，宛若一尊神人。

劍光如匹練，璀璨奪目，劍氣凌厲無匹！

面對凶悍妖兵，一劍斬去對方頭顱，接著順勢一記劈砍，將無頭屍身劈成兩半。

不是老頭有虐屍怪癖，而是用這一劍毀去了對方即將爆發的妖種！

「嗡！嗡！」

不遠處傳來一陣陣沉悶巨響。

那是宛若天神下凡的黃騰，身上爆發著無與倫比的超強血氣！

掄起手中黃銅棍，一下一人，凶悍勇猛到令人難以置信！

李朝恩始終關注著黃騰的表現，越看越愛。

原以為只有一個宋煜，卻不想他身邊居然還隱藏著這樣一個寶藏年輕人。

之前在楚州，老頭就對黃騰特別滿意，從那時就開始悉心培養。

如今的黃騰表現比之前在楚州時還要驚豔，已然真正成熟。

「轟隆！」

虛空傳來一聲驚天動地的巨響，一名妖將無法容忍麾下戰士被這樣擊殺，當即怒吼一聲，啟動身上妖種，爆發出的超強氣勢衝擊得天空都發出劇烈音爆！

這群被種了妖種的妖兵妖將為何心甘情願為大王賣命？

根本原因在於他們並不認為自己會被取代！

哪怕肉身死亡，妖種吸乾身體血肉變成怪物，腦子裡的思想……依然是他們自己！

無非就是從人變成妖嘛，只要依舊強大，變成妖又如何？

尤其大王說過，外表模樣都是虛幻，唯有力量才是永恆！

這名妖將自行啟動妖種，一身血肉迅速被抽乾，接著妖種生出一頭滿身黏液，看起來特別噁心的醜陋妖物，撲向李朝恩這邊。

李朝恩狠狠一劍斬向這妖物抓過來的尖銳爪子。

「鏘！」

空氣中頓時發出一聲劇烈的金屬碰撞聲音。

這妖物咆哮道：「我的本體堅不可摧，給我去死！」

李朝恩被震得手臂有些發麻，哪怕一身實力已經踏入化元境，但在接連斬殺大量強敵後，他的消耗也是相當驚人。

面對眼前明顯強過齊珏和一眾妖兵的妖將，剛剛那種勢不可擋的節奏，微微一滯。

但他還是一聲暴喝，渾身金光大放，連帶手中劍也變得金燦燦，上面浮現出各種能量構成的殺招，威力無比巨大！

「唰唰唰！」

劍光縱橫，儘管身邊被大量不要命的妖兵給圍住，老頭依舊展現出威猛絕倫的一面。

他一劍斬了一名妖兵頭顱，來不及劈開對方妖種，反手一劍刺向這名強大妖將。

「噗！」

鋒利的劍尖終於刺入對方身軀，但這妖將尖銳無比的爪子也在李朝恩身上劃出一道很深的傷口。

鮮血流淌出來，浸濕了一身黑衣。老頭恍若不覺，一咬牙，怒喝一聲：

「死！」

一身金光被催動到極致，老頭手中劍徹底穿透這名妖將身軀，手腕一擰——

「噗！」

妖將噴出一口鮮血，但卻將那尖銳的爪子刺進李朝恩的腹部，嘶吼咆哮著，試圖將內臟掏出來。

危急關頭，黃騰狠狠一棒子砸在這妖將腦袋上面。

腦袋被砸碎，腦漿迸裂！

那邊趙風清和松本志也及時殺過來救援。

「嗖嗖嗖……」

一連串勁矢將圍著李朝恩的幾名妖兵射殺。

但這些妖兵的妖種太討厭了！哪怕陰魂被血氣衝擊得灰飛煙滅，妖種依然還能生出殘留生前思想的妖物。

聰明、強大……而又無比的殘忍！

「殺不完啊！」黑暗中傳來燕雲霞的略帶無奈聲音。

他身上帶的箭矢幾乎耗盡了。這還是他一邊殺一邊回收，但這些一次殺不死的妖兵數量實在太多了。

簡直如同一個爛泥潭，有種陷進去就出不來的感覺！

他倒是不怕死，問題是大總管不能死在這裡啊！

李朝恩強忍著傷口的疼痛，運轉功法，身上傷口以肉眼可見的速度快速癒合，但能量損耗卻是越來越巨大。

久經沙場的老頭堅信，狹路相逢勇者勝！

宋煜的名字太好用，錯過今日，下次不知何時才能有這種機會。

你齊國背後的大妖不是希望看到烽煙四起，民不聊生的亂世場景嗎？

如果有機會，咱家就一次性滅了你這幾十萬大軍和上千妖兵！看你拿什麼來亂世？

「宋煜也不是殺不死，一起上，殺了他！」

又有一名妖將啟動妖種衝過來。

他們先前確實畏懼宋煜這個名字，可現在突然看見了希望！

感覺這個「宋煜」也同樣會受傷，並沒有想像中那麼強大，拚著一死，不是沒有機會幹掉他！

「轟隆隆！」

空氣中接連傳來音爆巨響，一道道恐怖恐懼朝著這邊轟過來。

敵人太多了！

黃騰、趙風清和松本志以及蘇朝雲這些人，也都不可避免的掛彩了。

尤其蘇朝雲，境界本身就沒多高，仗著經驗豐富，輕功卓絕，始終在黃騰幾人身邊「拾遺補缺」，若是單獨面對那些妖兵，怕是早就堅持不住了。

好在這些妖兵境界雖然高，戰鬥經驗卻並不豐富，他也明白大總管的想法。

如果不能趁著這個好機會將這些妖兵徹底打殘，回頭等戰鬥經驗提升上來，絕對會成為整個趙國的心腹大患。

……

相比很簡單的妖兵軍營，另一邊的齊國軍營卻是「炸」得很徹底。

宋煜來了，如今就在妖兵營那邊大殺四方，這幾乎成了所有齊軍的共識。

得益於廬州這群老江湖，先前不知道宋煜會來的時候都能把假話說得那麼逼真，並分工明確，有專門嚇唬人的，有負責動搖軍心的。

幾百個扮成齊軍模樣的人，仗著邊境城市互通語言的便利，操著一口流利齊國口音，分散在這幾十萬大軍的各處產生的影響無比巨大，造成的破壞驚世駭俗。

無數本就是老爺兵的齊軍這會已經完全崩潰，乘著夜色朝著齊國方向狂奔。

兵敗如山倒，無人可阻擋。

更加雪上加霜的是，黑暗中突然殺出大量兵馬，攔截在潰逃齊軍的去路之上，正是李朝恩先前隱藏起來的那支大軍！

為首的將領一聲令下，號角吹起，鼓聲隆隆。

如同潮水一般，在這夜色中向這群齊國潰兵發起了衝鋒！

……

廬州城頭。

知州許知武整個人都看呆了，身體都在顫抖，忍不住熱淚盈眶。

堅守城池這麼久，終於迎來了援軍。

最讓他感到激動的，是煜公子竟然也來了！

這位如今在趙國百姓心目中宛若神祇的年輕人對敵人來說是一尊恐怖殺神，但對自己人來說卻是一顆擁有神效的定心丸！

只要有他在的地方，所有人都會莫名感覺很安心，像是有了巨大的倚靠，可以無所畏懼！

黑暗中，無數趙軍手持長槍、長矛，在持著巨大金屬豎盾的盾牌手掩護之下，陣列整齊，宛若一頭潛藏在黑暗中的恐怖巨獸，瘋狂吞噬這群齊國潰兵。

一個個陣列，一旦遇到大股潰兵，會在瞬間改變陣型，化為一字長蛇陣，形成一個個包圍圈。

切割，圍獵，將這片戰場徹底化為一座屠宰場！

將一場由幾百江湖人捨命一搏的嘗試，轉化為一場足以載入史冊的以少勝多經典戰役！

……

李朝恩這邊眾人聚到一起，依然在跟大量妖兵殊死拚殺。

滿身血的老李不說退，傷痕累累的蘇朝雲也不退，黃騰、趙風清、松本志、燕雲霞幾人……同樣血戰不退！

此時就連輕功頂級的燕雲霞都已經掛了彩。

他跟蘇朝雲都是宗師，並不是先天，能在這種戰鬥中擊殺先天層級的妖兵，已經是個奇蹟，想要不受傷根本不可能！

兔子急了都能蹬鷹，更別說這群妖兵。

終於，老李感覺自己一身靈能幾乎快要耗盡，再打下去，可能真得交代在這裡。

老頭也不怕死，但他不想讓黃騰、趙風清這些趙國的未來之星陪他死在這裡。

今晚打出的戰果，已經足夠了！

「走！」他揮動手中劍，又一次將身上金色光芒爆發出來。

砍翻幾個妖兵，準備離去。

就在這時，虛空中突然傳來一道冰冷聲音——

「走？大總管，你走不了！」

一名眉清目秀的少年突然自黑暗中走出，身上散發著衝天妖氣！

李朝恩看見這少年，當即愣住；他身旁的黃騰、趙風清和松本志也都愣住了。

這人他們實在是再熟悉不過！

奸相楚清輝家的三公子——楚晗！

雖然知道了他是誰，但這些人心中感受卻是不同。
老李心中微微一凜，宋煜跟他說過，楚晗是大妖轉世。
黃騰、趙風清和松本志則多少有點愣住。
記得先前宋煜還和他們說，從遼國回趙國的歸途中遇到危險可以找楚晗幫忙。
那會他們還滿心狐疑，以為這位相府三公子和他老子不是一路人，現在怎麼會出現在這裡？
看起來……還是敵人！
「砰！」
黃騰一棍子砸死一個妖仙，整個人的狀態也處在力竭的臨界點，看著從黑暗中走來的少年大聲喝道：「楚晗，你想做什麼？」
楚晗那張清秀臉上露出一絲笑容，看著他道：「你好啊黃公子……放心，今日過來，並非是針對你的。」
那些妖兵畏懼少年身上的恐怖妖氣，這會紛紛散開，警惕而又恐懼地看著。
黃騰擋在李朝恩身前，冷冷注視著少年：「針對我伯父也不行！」
老李原本看向少年的凌厲目光在被黃騰高大身形擋住後，變得柔和起來。
他沒讓這孩子這麼叫他，但黃騰就是喜歡這麼叫，他聽起來也開心。
就連宋煜那小子都叫他大總管，這輩子只有黃騰管他叫「伯父」。

「騰兒，你讓開，我來和他說話。」李朝恩臉色從容，恢復到自己的聲音，聽起來有些尖銳。

這時那群妖兵和妖將才終於確定，眼前這位真的不是宋煜！

而是趙國軍神……樞密使、內侍省大總管，李朝恩！

少年看著黃騰微笑道：「你是一員猛將，未來楚國名將榜上必然有你一席之地，讓開吧，今日之事與你無關，看在你哥面上，我不會傷你。」

黃騰怒視著他道：「我哥若是知道你敢針對我伯父，必然斬你狗頭，絕不會放過你！」

少年微微皺眉：「我與你好說好商量，你不要不識抬舉。」

黃騰道：「當我怕你？」

少年冷哼一聲，說著也不見他有什麼動作，黃騰高大的身軀驟然間像是遭遇重擊，騰空而起，重重摔在七八丈外的地上。

黃騰本就是在硬撐著，這下終於撐不住，「哇」地一聲噴出一口鮮血，身體掙扎著想要爬起來，卻是沒能成功。

黃騰被擊飛的一瞬間，李朝恩勃然大怒，用精神力駕馭一把小飛劍驟然刺向少年眉心。

飛劍快如閃電，無聲無息，轉瞬即至！

卻被少年伸出兩根手指，「啪」的一下給夾住，反手一丟——「噗」的一聲，竟從李朝恩胸口穿過！

這還是李朝恩在關鍵時刻強行避開要害，否則這一擊……穿過的就是他的心臟！

李朝恩嘴角溢出一絲血跡，對身邊想要衝上去的另外幾人大聲喝道：「都別動！」

就在這時，那邊有幾個齊國妖兵試圖趁亂殺了黃騰，暗戳戳往那邊接近。但還沒能靠近，身體就毫無徵兆的轟然爆開！

「我說過，他是未來楚國名將，你們算什麼東西？也敢動我看好的人？」少年語氣森寒地說道。

當即將所有齊國妖兵全都嚇得魂飛魄散，四散逃走。

本以為這個妖氣衝天實力恐怖的傢伙是自己人，結果卻搞錯了！

這位可比假冒宋煜的李朝恩恐怖多了！

少年看著李朝恩：「大總管這一生波瀾壯闊，豐功偉績令人欽佩，本不該以這種方式落幕，可惜立場不同，註定不能成為一家人，既然如此，那就請大總管上路吧！」

說話間，他身形驟然動了！

根本沒人能夠看清楚他的動作，少年剎那間出現在李朝恩面前，重重一拳轟在李朝恩剛剛被飛劍穿透的傷口位置！

「砰！喀嚓！」

伴隨著一陣刺耳的骨裂聲，李朝恩的身體如同紙鳶一般，朝後面拋飛出去，人在空中就接連噴出幾大口鮮血。

「大總管雖太監，卻比無數健全男人剛硬，所以請您上路，也需要用這種剛硬的方式！」

少年凌空躍起，追上從空中下落的李朝恩，捏著拳印，居高臨下，再次朝著李朝恩的胸口砸了過去！

「轟！」

李朝恩的身上猛然間爆發出無比耀眼的金色光芒，整個人如同一尊黃金戰神，狠狠一劍掃向少年。

少年臉色一變，想不到已經被傷成這樣的李朝恩居然還有反擊餘力，倉促間根本來不及躲閃，只能硬扛李朝恩這一劍。

「唰！」

劍氣掃過他的拳頭，鮮血頓時流淌出來。

再強的防禦也經不起這種攻擊。

「嗖！」

一支冷箭驟然朝他射來，燕雲霞精準的抓住這個機會，朝他射了一箭。

少年一聲冷喝，狠狠一拳打向這枝箭。

「砰」一聲巨響，這支連箭杆都是金屬打造的箭矢竟被他一拳生生打爆。

恐怖的拳罡依舊餘力不消，重重轟在距離此地很遠的燕雲霞身上。

燕雲霞大口吐血，眼神中露出難以置信的神色。

這麼遠的距離都能讓他受傷，若是稍微近一點，這一拳豈不是能要了他性命？

就在這時，松本志揮動手中劍，身形如同一道鬼魅，毫不猶豫地衝向少年。

「你是趙國人，卻害自己人，你不是人！」

「砰！」

少年看也沒看，隨手一拳，拳罡將松本志擊飛出幾十丈遠，重重摔在地上，大口吐血。

「看在你是宋煜奴僕份上，也留你一命！」

整個過程看似漫長，實則都在電光石火之間。

看著本就傷痕累累，反應比眾人慢了半拍的蘇朝雲，少年淡淡說道：「蘇總管，你就別嘗試了吧！」

不是嘲諷，勝似嘲諷。

少年虛空踏步，朝落到地上，身子都有些搖搖欲墜，扶著齊國妖兵一座營帳才勉強站住的李朝恩走去。

蘇朝雲無聲無息，持劍殺來。

「砰！」

「我都說了，你就別嘗試了！」少年隨手一揮，蘇朝雲身體再次拋飛出去，大口咯血。

少年來到李朝恩面前，沒有再說什麼，抬手就是一拳！

「轟！」

無比狂躁的拳罡打在渾身金光的李朝恩身上，再次將他打到吐血倒飛。境界相差太多了！

哪怕李朝恩沒有經過今晚這一番血戰，以全盛狀態出戰，也不是這少年對手。

這個大妖轉世，看似年少的人，體內已然出現內丹雛形，是個已經踏入丹道境的高手！

在這人間，幾乎處在無敵狀態！

夜幕中，遠方的激烈廝殺聲依然不斷傳來，那是李朝恩的幾萬大軍，正在凶殘無比的絞殺齊軍。

然而在妖兵營地這裡，情況卻完全倒轉過來。

相府出來的轉世大妖，那張清秀臉上幾乎看不出任何表情，一步步走向李朝恩的方向。

「你的存在嚴重影響到楚相建立楚國，所以，你和官家都必須死，放心，我今日不殺你陰神，你若足夠明智，就刎頸自盡吧，給你最後的體面。」少年悠悠說著。

這時那邊已經爬不起來的黃騰大聲吼道：「楚晗！我哥視大總管如父，你敢殺他，我哥肯定不會放過你，必然踏平相府，將你碎屍萬段！」

少年臉色平淡地道：「是嗎？就憑宋煜？想要將我碎屍萬段，他還不夠資格！」

豁然間，他眼中突然露出一抹驚訝之色，隨即身形一閃，剎那間消失在原地。

黑暗中，一道幽光毫無徵兆的洞穿虛空，順著少年剛剛站立的地方急速掠過。

一擊不中，又朝少年所在方向追殺過去。

這是一把只有手指大小的飛劍，在漆黑的夜空中無聲無息飛行，速度快到不可思議！

少年身形接連閃現，眼中驚駭之色越來越濃郁，發出一道常人聽不見的神念波動——

「敢問是哪位道友？」

飛劍靈動無比，無聲無息，繼續朝著少年追殺。

少年臉色一寒，再次用神念波動說道：「道友不亮明身分，休怪本尊翻臉！」

從他身上飛出一盞殘破油燈，燈火暗淡，彷彿隨時都能熄滅，朝著那把飛劍迎了過去。

「轟！」

就在雙方接觸的一瞬間，那團暗淡火光猛然間放大無數倍，洶湧火光直接就將飛劍給吞噬。

「你不通報姓名，就別怪本尊用道火煉你精神！」

「砰！」

那盞油燈驟然炸開了！

恐怖如雷霆的爆炸聲伴隨著無與倫比的破壞力，周圍虛空都變得混亂而又扭曲，地面上方圓幾十丈內的所有一切都被炸成虛無。

已經凍硬的地面也被炸出三四丈深的恐怖大坑！

下一刻，那把小小的飛劍從爆炸中心急速射出，威勢恐怖絕倫！

少年見道火都沒能煉化掉飛劍中的精神，眼中閃過一抹驚駭。

猛然間意識到，控制這把飛劍的……未必是精神力！

他急速後退，掌中突然多出一把古樸長劍，身上爆發出超強氣勢，形成一道護盾，揮劍斬向這把小飛劍。

「叮」一聲脆響，小飛劍擦著少年的劍飛過，刺向少年眼睛！

少年臉色大變，幾乎動用全身所有力量，拚命的一轉頭——一抹血光自他眉骨濺出，斬出一道恐怖血痕，鮮血瞬間流淌出來。

小飛劍在空中打了個轉，像是一個有智慧有思想的生靈，再次朝著少年殺來，凶悍而又凌厲！

少年狼狽不堪的左躲右閃，祭出大量法器，試圖從這尷尬境地掙脫出來。

「叮叮噹噹！」

空氣中接連不斷傳來一聲聲脆響。

飛劍在各種法器的縫隙中穿梭，碰到時便會發出這種聲響。

這支飛劍中蘊藏的能量也太過驚人，少年丹海和內丹中的靈能幾乎是在以燃燒的速度，劇烈消耗著！

「轟！」

少年逼不得已，激發人體祕藏之地的力量，通過神橋，連通幾近乾涸的丹海，讓那顆內丹頓時變得充盈起來。

儘管他成功結丹，但囿於人間匱乏的修行資源，終究沒能讓丹海變得充盈。

在他這種大妖轉世的生靈看來，丹道境已然當世無敵，即便丹海中的靈能沒有那麼豐沛也沒什麼大不了。

卻不想今日真的見鬼了，竟然碰到一個如此可怕的對手。

原以為是用精神力御劍的修行者，可現在看來，精神力根本做不到如此靈活，更不會讓他這種丹道境大佬如此狼狽！

這是神魂御劍啊，這他媽的是劍仙才有的手段！

雖說還有另外一種可能——走陰神路線的鬼修，到達陽神境界時也可以做到短距離神魂御劍。

但少年的腦海中，卻瞬間想到另一種他不敢相信的可能——劍仙子！

這種可怕的御劍神魂御劍能力，非真正劍仙根本不可能具備。

御劍，劍仙子，李朝恩！

他的腦子裡不可遏制的浮現出了另一個名字——宋煜！

宋煜真的來了？

他有些不敢相信，畢竟他先前始終暗中觀察，根本沒見到宋煜蹤影。

可將這些因素綜合到一起，他想不出除了宋煜之外，還有第二個符合這標準的人。

但問題是……神魂操控飛劍的劍仙子都出現了，宋煜在哪？

隱藏在暗中的敵人才是最可怕的敵人，少年對自身實力非常自信，但他卻不敢小瞧在遼國大放異彩的宋煜！

小飛劍無聲無息，急速來回刺殺。

少年狼狽應對，身上臉上已經被斬出許多傷口，鮮血橫流。

他也試圖對這小飛劍斬開攻擊，至少三次動用道火試圖將裡面的神魂燒死，可全都徒勞無功！

其他人也終於趁著這個機會，獲得了難得的喘息機會。

李朝恩這會傷勢嚴重，但一雙眼卻無比明亮，在這濃濃夜色中死死盯著那支看不出軌跡的小飛劍，身體都因為激動而微微發抖。

神魂御劍，這絕對是神魂御劍！

想不到有生之年竟然真的能夠在人間看見這神奇一幕。

是那位劍仙子嗎？他想著。

就在這時，遠方天空驟然出現一道身影，踏著黑暗的夜空高速飛來，轉眼間出現在少年頭頂上空，揮動手中劍，轟然斬下！

一道宛若星河落九天的可怕劍氣切開虛空，勢不可擋地劈向少年。

「宋煜！」少年口中發出一聲爆喝。

他一邊躲避那支小飛劍，一邊滿臉驚駭地看向夜空。

這才多久？宋煜怎麼可能提升到如此境界？

「轟！」

他身上燃起大量道火，剎那間化成一道火龍捲，朝天空的宋煜席捲過去。

本尊燒不死飛劍裡面那個可怕神魂，難道還燒不死你宋煜嗎？

如今他已幾乎斷定，飛劍裡面……很可能就是早已消失在歷史中的劍仙子！

而宋煜……就是劍仙子的傳承人！

「你藏得可真深吶！但你今天必須死！」少年散發出冰冷無比的神念波動，一邊躲避飛劍，一邊駕馭道火形成的火龍捲去燒宋煜。

道火燒天，這是丹道境大能才能具備的無上神通！

越是強大的生靈，攻擊手段往往越是簡單粗暴。

這就好比一腳可以踩死的毛毛蟲，又何必拉東扯西，苦思冥想各種手段？

「轟隆！」

劍氣切開道火，瞬間出現在少年上方。

「砰！」

少年身上的防禦被斬開，這一劍太過淩厲，蘊藏的劍意太過凶殘！

劍術……也太過高明了！

不可避！不可擋！

少年身體都差點被這道劍氣給劈開，從腦門到鼻子、然後是下巴、胸膛、小腹、身為男人的小兄弟……一道筆直血線順著他腦門呈現出來。

傷口深可見骨，全都被劈開一半！

此時，天空中的道火也將宋煜給吞噬。

李朝恩發出一聲悲憤怒吼，猛然間騰空而起，身上再次爆發出燦爛金光：「敢傷咱家孩兒，咱家跟你拚了！」

「轟！」

他掌中劍噴出十幾丈的金色劍氣，以為宋煜被燒死的老太監徹底暴怒！以燃燒生命為代價，一劍劈向對面少年。

化元境能殺丹道境嗎？正常情況下，肯定是不成的。

丹道大能就算站在那裡不動，化元境都很難破掉其防禦。

但此刻少年身上防禦已被破掉，又被宋煜劍氣斬傷，這個化形成人的妖都被切開一半……

這種第一時間未必能感受到多少疼痛，但卻足以讓心態炸裂的羞辱感覺，讓和少年也徹底暴怒了，發出一聲驚天動地的咆哮。

丹道境大能之怒，夜空中風雲變幻。

烏雲翻滾，濃霧四起！

「嘣！」

李朝恩這近乎捨命的一劍，不偏不倚，再次斬在少年剛剛被宋煜劈開的傷口上面。

「啊！」少年心態也徹底崩了。

滿臉滿身滿褲襠血，讓他狀若瘋魔，轟出一記恐怖拳印。

眼看著就要砸在「有去無回」的李朝恩身上，高天之上，那片恐怖道火當中走出一名渾身紫光閃爍的年輕人，揮動手中劍，速度快到不可思議的衝上來。

寒光一閃！

「喀嚓」一聲，少年手臂上的法器護臂當即被斬開，一隻手掌齊腕而斷！

少年眼中露出無盡惶恐之色，轉身就走！

身體上的傷勢，對他這丹道境大能來說並非不能恢復，今日若是繼續留在這裡，怕是會有性命之危！

「噗！」

這時那支小飛劍迎面而來，狠狠釘在少年眉心，煉化得如同金屬的頭骨被這支小飛劍當即刺出個小洞。

少年發出一聲淒厲慘叫，拚命溝通人體祕藏之地，身上爆發出無盡威能，試圖將這支小飛劍從自己腦門驅趕出去。

就在下一刻，身上衣衫被燒成灰燼，只剩神金戰衣的宋煜驟然出現在他面前，掄起手中神劍狠狠斬向他的頭顱。

那邊小飛劍拚命往少年的「腦洞」裡鑽，傳來鑽心刺骨的疼痛；這邊面對宋煜凶殘至極的一劍。

少年咆哮一聲，拳印轟向宋煜，洶湧的能量將宋煜身體擊飛。

然而——

「喀嚓！」

人頭落地，一腔熱血衝天而起。

被擊飛的宋煜嘴角溢出一絲鮮血，面上沒有任何表情，眸光清冷地殺回來。

對他這種整天用頂級道火燒自己的人來說，這點痛苦算什麼？

他揮動手中劍，頃刻間將這少年屍身分解，找到藏在內丹中的妖種連斬幾十劍，剁了個稀巴爛！

隨後少年強大的陰神離體，宛若離弦之箭，剎那間就要逃走，那支小飛劍爆發出無與倫比的超強劍意。

「嗖嗖嗖！」

來來回回，頃刻間將少年陰神刺成蜂窩。

「你果然……是劍仙子……傳人！」

「砰！」

少年陰神再也撐不住，當即魂飛魄散，化作一枚晶核。

到死這一刻，少年都不敢相信是宋煜一個人殺了他，依然認為這是劍仙子加宋煜，「師徒」合力，才將他幹掉，但卻來不及發出任何感慨便隕落。

強者之間的生死對決就是這麼殘酷，很快，宋煜落到地上，清冷臉上依舊看不出絲毫情緒，唯有一雙眼中……彷彿有火焰在燃燒！

他眉頭微微一皺，噴出一口鮮血。

先前他分魂一半到飛劍當中，跟楚晗這種丹道境轉世大妖的一番搏鬥已是消耗巨大。

本尊則瘋狂趕路，來了之後又是一番血戰，看起來瀟灑從容，實則拚盡全力。

雖然他肉身經過自身頂級道火的煉化，又有神金戰衣護體，但被丹道境的強者道火焚燒也不是一點代價都沒有。

李朝恩這會呆呆站在一旁，看著宋煜，嘴巴微張，似乎想要說點什麼，身子卻是一晃，往地上倒去。

宋煜趕忙過去扶住，迅速檢查一遍老頭的狀態，臉色無比凝重，眼中滔天殺意近乎凝成實質！

劍靈告訴他，老頭傷勢太重，又耗盡了全部潛能，幾乎是油盡燈枯了。

就算能夠活過來，也會留下暗疾。

劍靈說的比較委婉，意思卻很明顯——老頭基本廢了！

宋煜看了眼黃騰那些人，一個個看向他的眼神裡全都充滿驚喜！

但他們那一身可怕的傷，此時的狼狽模樣，讓宋煜越來越沉默，胸中怒火更盛。

他們面對齊國一群恐怖妖兵都沒有受太嚴重的傷，卻差點全都死在楚清輝這奸相身邊的大妖手上。

「楚狗！我必滅你滿門！」

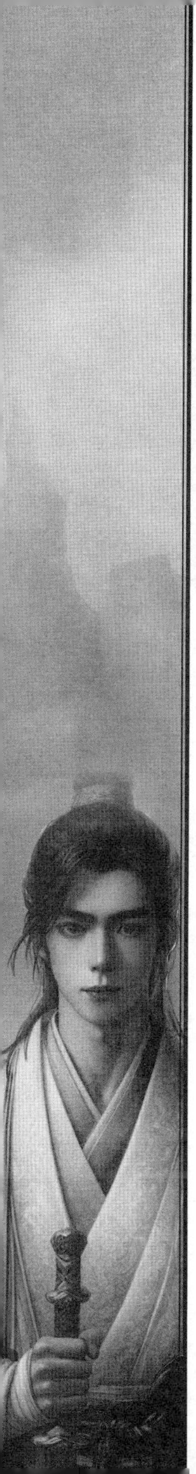

第四章

相見歡

翌日上午，廬州城，知州官邸。

許知武急匆匆從外面趕回來，昨夜那場大戰到現在已經接近尾聲。

五十萬被強徵來的民夫根本就敢動作，直接原地投降。

收繳大量物資！三十多萬齊國老爺兵幾乎被全殲！

剩下一些殘餘，如今也如喪家之犬正在被追殺清理當中。

那一千多妖兵倒是成功逃走七八百，不是被宋煜嚇跑的，而是被大妖轉世的少年給驚走。

宋煜來的時候，那些妖兵就已經在部分妖將的帶領下逃之夭夭，這會可能都已經逃回到齊國境內。

許知武身為一州父母官，光是忙活各種收尾事宜就整整忙了一上午。

他將主要的事情處理完，剩下的交給屬下，便急急忙忙回來探望重傷的樞密使等人。

關鍵是宋煜也在這裡！

他到現在都不清楚最初那個「宋煜」其實是樞密使李朝恩假扮的，還以為是宋煜跟樞密使這群人一起來的。

機緣巧合之下，正好跟廬州這群江湖好漢的計畫對應上，打出一場史無前例的大捷！

比之前楚州那一場……更加提振人心！

再怎麼嘲諷那些齊軍都是戰力不行的老爺兵，那也是三十萬大軍啊！

加上五十萬民夫和一千強大妖兵，號稱百萬！

真要讓他們打出順風仗來，照樣可以席捲整個趙國。

樞密使不愧是軍神，煜公子不愧是我趙國的戰神！

有趙一朝，就從來沒有過這種規模的大勝。

身為見證者，許知武感覺自己渾身上下每一個汗毛孔都無比通泰。

若非煜公子身邊包括樞密使在內的這群人全都受了嚴重的傷，他恨不得現在就大擺酒席，好好大醉一場！

「勇王殿下和樞密使他們怎麼樣了？」

「回老爺，樞密使大人應該還在昏睡，勇王殿下在那裡陪他，其他幾人傷勢有輕有重，但應該都沒有太大問題了。」

許知武有些感慨的點點頭：「多虧了樞密使，多虧了勇王殿下啊！讓他們再休息一下，一旦有消息就立即通知我，我先去洗個澡！」

許知武之前精神始終處在緊繃狀態，完全沒意識到自身的問題。

這會終於可以放鬆下來，突然發現自己好臭，可不能這樣去見勇王和樞密使，太失禮了！

……

房間裡，李朝恩依然還處在昏睡狀態。

老頭也是一路疾馳才來到這裡。本身就已很疲憊，一場大戰又受了重傷，最後因為誤會宋煜被楚晗用道火給燒死，徹底爆發了，毅然決然選擇以燃燒生命為代價去拚命。

此時已是油盡燈枯，勉強能夠吊著一口氣，也是因為內在足夠強大。

宋煜這會在跟劍靈交流。

「這種情況，人間已是束手無策，但對修行中人來說應該還是有辦法的吧？」

「如果能夠找到者字印的話，是可以的！那裡面有一篇者字祕經文，屬於頂級的療傷聖法，修行到至高境界，即便只剩下一滴血……都可以重生。」

宋煜一臉震撼，隨後想到什麼，有些疑惑地問道：「圖圖沒有掌握這些？」

劍靈道：「她當年一心專攻劍道，認為世間萬物皆可一劍破之，只修行了你在劍仙開天圖裡面掌握的劍術，其他方面雖然有所涉獵，但都並不精深。」

宋煜皺眉：「印章不是她製作的？這些傳承……也並非是她創的法？」

劍靈否認道：「這九枚印章是從道宮遺蹟裡得到，當時也沒太過深入研究，因為在那裡還得到了更高的……可以創世的傳承！」

「她知道創世氣運可以承載自身的道，於是很乾脆的選擇了這條路……」

「她太專注於劍道，以至於重修之後，依然沒有重視起這些傳承。」

「在創世這件事情上，她也沒能做好。」

劍靈的意念充滿遺憾。

她與圖圖一體，所以這聲嘆息，同樣也是在嘆息自己。

「一名一心修行劍道的仙，認為可以用創世氣運承載自己的道，這本沒錯。」

「錯的是她忽略了莊稼種出來以後，還得細心管理才能收穫，收穫之後還得掌握高明的廚藝，才能把收穫變成美食。」

宋煜道：「這也不能完全怪到她身上，世界剛一開創出來沒多久，就被無數勢力給盯上。」

「各路妖魔鬼怪紛紛登場，就算有那心思也沒那個精力。」

「算了，不說這些。」劍靈的意念當中，也帶著幾分複雜情緒：「你如果真的想要讓他完全恢復過來，就必須得找到者字印，但不是我潑你冷水，這很難！」

「首先我們根本不知道印章在誰手裡。」

「其次……就算你找到了，想要通過神通救人，也需要把者字印修行到極高境界才可以，這不是一朝一夕的事情。」

「就像你現在頓悟劍仙開天圖裡面的劍法，觀想臨字祕藏的時間都很久了，看似收穫巨大，實際不過才學到一點皮毛。」

宋煜道：「除此之外，還有別的辦法嗎？」

劍靈沉默了一會，道：「還真的有！」

宋煜：「那妳不早說！」

劍靈怒道：「凶我做什麼？我只是一把劍，又不是神仙，再說就算是神仙也不代表就一定什麼都記得，什麼都會，比如圖圖。」

宋煜：「……」

狠起來連自己都罵的劍靈確實是個狠角色，惹不起。

「你趕緊修行到丹道境，這樣就可以將門後面的東西帶回到這個世界中來，給他一枚桃子可以修復他身上所有暗傷！」劍靈道。

對呀！宋煜頓時眼睛一亮，自己怎麼忘記了這件事？

不過一聽說得修行到丹道境才可以，頓時又有種很絕望的感覺。

丹海太大不是什麼好事，他如今在門後修行界都快成為那邊所有霸主級妖物的公敵了。

整日跟個惡霸一樣四處搶麥子，搶各種修行資源。

饒是如此，想要將道火煉化過的靈力填滿丹海，繼而將其轉化為靈能，再以身體為烘爐，以民意道火為柴去煉化自身的道……依然是個相當漫長的過程。

哪怕他再怎麼努力，在現有的條件下也不可能太快結丹。

「地基」已經被挖出來，若不能將其打牢，他的修行路也就毀了。

不過總算是看到希望了！

只要老頭好好活著，這一切就都還來得及。

這時躺在床上的李朝恩突然發出一點動靜，一雙布滿紅血絲，有些渾濁的老眼緩緩睜開。

先是有點迷茫，隨後看見宋煜，便嘴角咧開笑了起來。

儘管依舊無法發出聲音，但看見宋煜就在他床邊守著，老頭眼裡已滿是欣慰。

「您醒了？」宋煜臉上露出笑容，不管怎樣，活著就好！

半晌，李朝恩才勉強能夠說話：「不要難過。」

宋煜連忙安撫：「您的傷勢有點重。」

緩了半天，李朝恩像是有了點精神，慢慢的說道：「你知道嗎？咱家看見你活著，就比什麼都開心，咱家這條命是你爺爺給的，要不是老爺子，咱家墳頭早就長滿草了，能夠活到今天已經很值得了！」

宋煜沉默著沒有說話，他現在腦海中只有昨晚李朝恩怒髮衝冠，毫不猶豫跑去跟楚晗拚命那一幕。

李朝恩虛弱的看著宋煜，喃喃道：「真好，真好哇！昨晚什麼都來不及去想，只覺得你死了，咱家活在這世上的理由也幾乎不剩什麼了。」

「其實還是有的，如果不能看到北伐成功，不能把齊坤那條老狗的腦袋割下來當球踢，還是會有點遺憾的！」

「所以孩子，你不要難過，咱家能活著，就已經很好很好了！」

「至於其他……咱家也累了，這麼多年在朝堂上跟那些人勾心鬥角，在外面南征北戰，也該歇歇了。」

「等這次事情結束，你跟晴兒成親吧！多生幾個娃，咱家給你帶！」

「咱家是太監，從小做的就是伺候人的事，保證把孩子給你養的白白胖胖！」

宋煜眼角有些濕潤，輕輕拉起老頭有些乾枯冰冷的手，說道：「您好好活著就行，我有辦法治好您！」

李朝恩笑著輕聲說道：「沒事，咱家不在乎這個，除了沒睡過女人，這輩子什麼都經歷過，看見你們都成長起來，還能活著安享晚年，有什麼比這更幸福的嗎？」

他看著宋煜：「對了，有件事情咱家還得跟你交代一下。」

「您說。」宋煜看著他。

「咱家當年，其實在那枚印章裡面是學到了一點東西的，咱家叫它『金身術』，也是一種很厲害的法門。」

「之所以當時沒教你，是覺得你那會境界太低，根本學不了，現在……似乎也不用了，你好像比咱家領悟得還多？」

「嗯，那叫『臨字祕藏』，很厲害的，回頭我可以教您！」宋煜認真說道。

「不學了，太累……有你就夠了，只要你好好的，咱家就開心！」

老頭說著，又緩緩閉上眼睛沉沉睡去。

宋煜深吸口氣，緩緩將他的手掖到被子裡，起身出門。

……

五月下旬。

有消息傳回臨安府——

廬州城三百五十名義士夜襲齊國軍營，高呼煜公子大名，造成齊軍炸營，發生擁擠、踩踏、逃亡事件。

適逢恰好趕到的樞密使、內侍省大總管李朝恩趁機假扮宋煜，推波助瀾。

先是造成齊軍更加慌亂，徹底不可收拾，再調度五萬剛剛平叛雅州叛亂不久，氣勢正盛的大軍乘勝追擊。

齊軍破，三十萬大軍幾乎被全殲！

李朝恩率黃騰、趙風清、松本志等新生代將領，以及內侍省副總管蘇朝雲，監妖司戰字科金牌大統領燕雲霞等人，血戰齊國一千妖兵，斬首妖兵二百餘……修養數日之後，一鼓作氣殺入齊國。

與襄陽誓師北伐的齊王趙旦大軍一起，再現當年官家重建趙國的「兩翼之光」，同時展開北伐大業！

一場轟轟烈烈的復仇大戰，就此拉開帷幕。

這些，是李朝恩寫給官家的密報。

隨後一些消息被公之於眾，趙國上下一片沸騰，所有聽聞此消息的民眾無不歡欣鼓舞。

全國各地隨著消息的傳入，不斷傳來連成片的爆竹聲。

無數經歷過三十年前被滅國的老人淚流滿面，失聲痛哭，高呼感謝軍神，感謝煜公子。

另外還有一些小道消息傳出來。

有人堅稱在廬州這場趙國史無前例的驚天大勝中，勇王煜公子是出現了的！渾身金光，宛若天神下凡，殺得敵人血流滾滾，最終獲得勝利。

也有人否認，說那根本就是李朝恩假扮，齊軍因為太過畏懼宋煜，只聽聞這三個字就嚇得渾身發抖，實際上煜公子並沒有出現在那裡。

各種訊息，紛亂交織，叫人難以弄清楚真相究竟是什麼。

但不管怎樣，宋煜在這場大勝中起到了決定性的關鍵因素，是無人能夠否認的。

聲望一時無兩，如日中天！

以至於宋煜最近這段時間人體祕藏之地的道火熊熊燃燒，又「長大」很多倍！

……

相府。

楚清輝、素雅、楚仁、楚義，還有其他幾個心腹齊聚一堂，這些人臉上表情都顯得有些凝重。

因為各式各樣的消息當中完全沒有楚晗的身影！

他……去哪裡了？

就連向來看楚晗特別不爽的楚義都忍不住擔心。

先前楚晗北上，楚清輝把兩名內心深處埋怨他很久，充滿憤怒的兒子叫到面前，向他們說了事實真相。

楚仁楚義兩兄弟這才知道原來一直錯怪了父親。

道歉的同時，也不由得開始期待。

丹道境的結丹大能啊，這在他們的認知當中，簡直就是傳說中神仙一樣的人物。

可隨後傳遞迴來的各種消息，卻是讓他們有點慌張。

「爹，我們的情報部門不是很厲害嗎？到底發生了什麼事？楚晗呢？」

楚義性子急，忍受不了這種被蒙在鼓裡的感覺。

素雅微微蹙眉，也有些想不通。

楚清輝臉色平靜地坐在那裡，心裡同樣也忍不住犯嘀咕。

楚晗當日走的時候說得很清楚，表示自己會將李朝恩幹掉，斷官家一條膀臂。

到時候那支平叛過雅州叛亂的大軍群龍無首，自然無力阻止齊軍南下。只有這天下真正亂起來，高坐龍椅上的官家才會徹底疲於應對。

到那時，屬於「楚氏一族」的機會也就真正來了！

齊國大妖希望透過亂世來獲得氣運，以恢復自身境界到當初妖仙領域。

楚晗……其實也是！

但他需要的，卻並非殺戮與血煞，而是恐懼！

唯有世間生靈終日活在恐懼中，他的境界才能恢復得更快。

只有讓齊國那三十萬廢物老爺兵和一千妖兵長驅直入，沿途百姓流離失所產生的各種恐懼，才是他楚晗需要的。

這點，楚清輝是知道的，從一開始就知道。

若是官家在暴露出「真實」一面之前，他未必會贊同楚晗的舉動。

但在發現官家確實跟他猜想中一樣深不可測之後，他便改變了注意。

既然你那麼厲害，那就能者多勞，實在無人可用的時候，您就御駕親征去好了！

本相，會替你看好這個家的！

可是為什麼，楚晗離開之後就再也沒有了消息？

「爹……您倒是說話呀！」楚義一臉急切：「楚晗走的時候不是說得很肯

定？他那麼厲害，神仙一樣的人物，不會出事吧？」

「閉嘴！」楚仁看著楚清輝越來越難看的臉色，出言呵斥了弟弟一句，但隨後也忍不住將求知的目光投向楚清輝。

楚清輝沉默片刻，道：「這件事情有些蹊蹺。按理說不應該這樣。」

「可盧州那邊，整座城迄今都在封鎖狀態。」

「李朝恩的大軍也確實是在滅了齊國那三十萬廢物之後，開啟了北伐。」

「我們現在能確定的消息，是李朝恩那晚受傷了，傷勢還不輕。」

「他們大軍北上時，他都始終坐在馬車裡，身邊帶著蘇朝雲、燕雲霞、黃騰那些人。」

「至於說宋煜那晚到底去沒去……」

楚清輝思忖著，喃喃道：「我猜，他可能是去了！楚晗也有可能……已經出事了！」

「啊？」

房間裡幾乎所有人，全都異口同聲，不敢置信地看著楚清輝。

就連素雅都忍不住開口：「你說宋煜能殺丹道境的大能？」

楚清輝眸光平靜，看著素雅反問了一句：「為何不能？」

素雅道：「他才多大啊！」

楚仁也說道：「不可能，他的實力早就已經徹底暴露出來了，應該是上古化元境水準，確實很厲害，但又怎麼可能打得過丹道大能？」

「楚晗年齡也不大，已是丹道境。」楚清輝搖搖頭：「宋煜出使遼國之前，你們還堅定認為他只是比先天厲害一點的上古靈元境呢。」

他輕嘆一聲：「你們不了解楚晗的過去，那是一尊無比強大的上古大妖，曾被尊為妖仙！並且他是個說話算話的妖，他說要去殺了李朝恩，那就一定會去！」

「如今李朝恩繼續揮師北上，他卻音訊全無，你們說他能去哪裡？」

先前看楚晗百般不順眼，如今卻生怕他出事的楚義說道：「說不定是廬州那邊沒有好機會，打算在後面……」

說到這，連他自己都有點說不下去了。

丹道境的大妖，還在乎什麼機會不機會的啊？想要殺誰，動手就對了！

光是一項精神御劍術就已經讓人防不勝防。

楚清輝道：「宋煜應該就是劍仙子傳人！從一開始我的判斷就沒有錯，可惜他太狡猾，藏得太深，騙過了我們。」

「這次也必然是劍仙子出手了，否則沒人殺得死楚晗，更不可能讓他無聲無息的消失。」

這話一出，房間裡眾人臉色全都徹底變了。

楚仁望向父親：「爹，那我們怎麼辦？」

楚清輝淡淡道：「如今也只剩下一條路了，楚晗這些年在海外一座島上培養了大約一萬五千多妖兵，這些才是我們真正的底蘊所在。如今為父只能派人去把這些妖兵妖將請過來。」

「擊殺官家，攻占臨安府！」

「提前一步……發動！」

房間裡這群人腦瓜子全都同時「嗡」了一下，不是因為興奮，而是一種茫然不知所措的感覺和恐懼！

宋煜橫空出世之前，無論明暗，他們都優勢占盡，朝堂上幾乎一多半人都站在他們這邊。

民間有大量陰神建立的「楚教」分支，信眾幾十上百萬。

江湖中又有嚴彥掌控的江湖科，整個北方的寒江水路都在他們掌控之下，各路高手如雲！

權利、財富、勢力……全都達到一種巔峰狀態。

更別說還有楚晗這種結丹大能，還有一萬五千多名妖兵妖將！

如果說那個時候楚相說出剛剛這番話，他們一定會激動得渾身發抖！

可如今他們還有什麼？

除了剛剛知曉的一萬五千多名妖兵妖將之外，其他那些……幾乎全都沒有了！

從江湖到民間再到朝堂，幾乎被宋煜那個該死的傢伙連根拔起！

楚仁看著臉色平靜的楚清輝問道：「爹，我們不再籌謀了嗎？」

「是啊相爺，這麼大的事情，我們總得認真做個計畫吧？」

「相爺，屬下也覺得，事情非同小可，不好輕舉妄動……」

房間裡的幾個心腹，也都忍不住出言勸說。

楚清輝看了眾人一眼，平靜的道：「為今之計，要嘛提前發動，要嘛……就只能逃亡。」

「繼續留在這裡，一旦宋煜某天突然出現在相府，你們這些人有一個算一個，連同本相，誰都跑不了。」

「抄家滅門，死無葬身之地！」

……

廬州回臨安的路上，一支很普通的商隊分別打著臨安府、廬州兩家鏢局的旗號，中間還夾雜著一些給鏢局跟商隊交了錢，透過這種方式獲得安全的普通人。

一輛十分普通的馬車裡面，空間很狹小，最多只能容納三四個人，但此刻裡頭只有一個人。

穿著綢緞衣衫，臉色發黃，下頷留著一縷山羊鬍，嘴唇上的花白鬍子垂落，看起來就像名生了病的老財主。

這人正是經過易容的李朝恩。

老頭傷勢迄今都沒有完全恢復，但已經沒什麼大礙。

除了一身隱藏多年的強橫修為幾乎徹底廢掉之外，應付日常生活問題不大。

蘇朝雲帶著燕雲霞、黃騰、趙風清和松本志，率領五萬大軍，高舉樞密使的旗幟，一路浩浩蕩蕩殺向齊國！

而李朝恩則隨同宋煜一起祕密返京！

宋煜要殺楚清輝！

他胸中怒火已經積累到了極致。

若非他當時聽聞消息，放心不下老頭子，自瓊州一路御劍疾行，幾乎把劍靈給榨乾，這才緊趕慢趕，總算將人從生死邊緣給救了回來，後果不堪設想！

他胸中有巨大的家國情懷，但骨子裡也有俗人一面。

自從來到這個世界，老頭子給他的幫助和關懷實在太多了！

雖無血緣，卻是他至親之人。

他不敢想，如果因為他晚了一步，老頭被楚晗斬殺，他會變成什麼樣子？

可能就連十字經文都壓不住血煞煉神的爆發！

此為私怨，但也屬於是公憤！

楚清輝這人就是一個巨大的禍害。

或許曾經確實是個有理想有抱負，為國家做了不少好事的有為官員。

但在後面，他那一樁樁一件件荼毒百姓殘害生靈的腌臢事情，已經足以說明了這人自私自利的無恥本質。

尤其這次，宋煜甚至有些不理解，楚晗為何要去擊殺李朝恩？

你楚清輝既然想要造反，想要當皇帝，官家開啟北伐，跟齊國打個不可開交，不正是你楚清輝的機會嗎？

對此，宋煜只能理解為楚清輝背後的大妖楚晗也是一隻亂世妖，只想看見這個世道亂起來。

既然如此，幹掉楚晗之後，楚清輝這種人也不能留！

而老頭子對此給出的建議則是：我們兩人先悄悄回京，看一看再說。

至於看什麼，老頭沒說，宋煜也沒問。

因為彼此間都是心知肚明。

……

六月中旬，進入梅雨季節的南方天氣說變就變。

外面大雨滂沱，御書房裡一片安靜。

「楚相背後的大妖……真的死了？」

官家微微皺眉，看著手上一份密報，臉上帶著幾分狐疑。

牆角那個大花瓶裡發出聲音：「宋煜是劍仙子的傳承者，已經沒什麼懸念。」

官家嘆了口氣：「可是大總管，他為什麼不跟朕說呢？他從什麼時候開始的……居然也防著朕了？」

大花瓶說道：「大概不相信官家真的放棄修行吧？」

官家又拿起手中這份密報，仔仔細細，從頭到尾，一個字都不落的看了一遍。

隨後，這張紙自行燃燒起來，房間裡出現一股淡淡的燒紙味道。

「終究還是一心為國的，不好苛責。」官家喃喃輕語。

大花瓶裡面寂然無聲。

良久，官家又道：「你說他們……真的都去北伐了？」

大花瓶道：「不然呢？」

官家道：「朕也不知道，依著宋煜那看似平靜實則火爆的性子，應該能幹出來。」

大花瓶裡傳來笑聲：「確實，畢竟在他看來，沒了大妖的楚相好收拾，北伐的機會卻是難得，尤其……他如果是劍仙子的傳人，那麼更有理由這麼做。」

官家沉默了一會，問道：「楚相那邊現在有什麼動靜嗎？」

大花瓶裡的笑聲一收，道；「沒什麼動靜，但他在聽聞廬州危機解除的消息之後，應該也會猜到什麼吧？」

官家站起身，看著窗外連成一片的大雨，道：「他肯定還是有底牌的，朕始終在等著那一天的到來。」

……

豐豫門外，趙國公李朝恩的別院，再度閉關修行很長時間的蕭晴終於走出房間。

她穿著一身藍白相間的長裙，腰間扎著條同樣藍白相間的腰帶，纖腰盈盈一握。

長髮披肩，五官精緻，細密捲曲的睫毛輕輕顫動，明豔動人的臉上帶著一抹淡淡的思緒。

一晃眼已經很久都沒有見到宋煜了。

自當初在寒江城初見，轉眼已經過去兩年。

她很清楚自己的心意，她是喜歡宋煜的，經常會在夢裡與他做些令人臉紅心跳的羞羞事情。

每次醒來自己親手洗貼身衣物的時候都會覺得很丟人，還有點生自己的氣，感覺好沒出息。

「小娘子，您出關了？」一名侍女看見走出來的蕭晴，臉上露出驚喜之色。

蕭晴踩在雨後還有些溼的石板上，看著院子裡樹葉上掛著的水珠，輕輕點了點頭。

「您想吃點什麼？奴婢這就叫人去準備！」侍女柔聲問道。

這兩年小姐身上的變化實在太大了！

從過去並不怎麼喜歡修行，到如今修煉起來努力得讓人心疼，也讓人有些害怕她會因此而自閉。

「不用了，我沒什麼胃口。」蕭晴展顏一笑，看著侍女：「最近有什麼新消息嗎？」

侍女知道她想聽什麼，道：「回小娘子，前些日子奴婢聽說……」

……

李府後門打開，家裡負責日常採買的馬車緩緩駛入，來到庫房這邊停下。車夫輕聲道：「老爺，公子，到家了。」

隨後，兩道身影從各種物資下面鑽出來。

看起來稍顯狼狽的一老一少相互對視一眼，都忍不住笑起來。

李朝恩目光柔和的看著宋煜說道：「去看看晴兒吧，這孩子從小在咱家身邊長大，討好人的本事卻半點沒學到，你是男人，要主動一點。」

宋煜嘴角微微抽了抽，點點頭。

李朝恩臉上露出滿意笑容。

宋煜隨後朝著蕭晴所居的院落走去。

下過雨後的空氣非常清新，散發著泥土和草的芬芳。李府這邊下人不多，宋煜一路走來連個人影都沒看見。

遠遠的，就聽見那邊院子裡傳來一串銀鈴般的笑聲。

接著聽見蕭晴的聲音——

「真的嗎？那些江湖義士，真的只是打著他的旗號，就把北齊幾十萬大軍給嚇得屁滾尿流狼狽逃竄？」

「真的小娘子，奴婢也是監妖司鐵牌呢，而且這些幾乎都是已經公開的訊息，但是王爺究竟有沒有真正現身在那裡，現在還有很大的爭議，不過老爺肯定是去了。」另一道少女聲音說道。

「那，爹他沒事吧？」蕭晴問道。

「老爺應該沒事，聽說只是受了點傷，現在已經率領大軍北伐去了。」

「噢……」

「小娘子，心情是不是好點了？您一直吃那些辟穀藥丸，奴婢看您都有些瘦了，去讓廚房準備點好吃的吧？」

「還是算了，我真的沒什麼胃口。」蕭晴一雙水潤的眸子裡閃過一抹暗淡，輕聲說道。

就在下一刻，她頭上這顆大樹突然像是被大風吹過，猛地搖晃起來。

大量掛在樹上的水滴瞬間掉落下來，如同一場急雨！

就在雨滴落下的一瞬間，蕭晴便已經反應過來。

「砰！」

她身上猛然間爆發出一層無形能量，將她和面前侍女護住，雨水稀哩嘩啦落到四周石板上。

這股妖風有些不對勁！

蕭晴一雙漂亮眸子射出兩道凌厲的光芒，四下搜尋起來，隨後她就呆住了，眸子裡的凌厲瞬間消失。

取而代之的，是一種驚愕到不敢置信的眼神，當中還夾雜著難以言喻的驚喜！

宋煜站在拱形的門廊下面，笑呵呵看著她：「可以呀，反應夠快的！」一旁的侍女這才後知後覺地瞪大眼睛，一臉不可思議的看著那張她也同樣認識的臉。

只是還沒等她開口，宋煜便微笑著擺擺手：「我悄悄回來的，保密哦！」

侍女臉色紅通通的點點頭，低聲說道：「小娘子，我去給您和煜公子準備點吃的吧。」

「好呀。」蕭晴道。

第五章 兩枚印章

蕭晴閨房外間的小客廳裡，她依然有些不敢相信自己的眼睛，仔仔細細，認真打量著對面這人，是宋煜沒錯。

夢裡面她熟悉得很。

「你為什麼會突然出現在這裡？你之前……在哪？」她忍不住問道。

「從遼國回來之後去了瓊州。」

「啊？為什麼去那麼荒涼的地方？」

「閉關修煉。」

「那你是才從那邊回來的？那裡很熱吧，我還從來沒有去過。」

「冬天很舒服，這個季節就很熱了，不過我不是從那邊回來的，我是跟大總管一起從廬州回來的。」

「噢……嗯？你從廬州回來？」蕭晴一臉震驚地抬起頭：「爹也回來了？」

宋煜點點頭：「不過他現在不適合見人，我們悄悄回來的，接下來這些日子我會住在這裡，正好可以幫妳提升一下境界。」

「真的嗎？那太好了！」蕭晴眼裡閃過一抹璀璨的亮色，眼波如水。

宋煜沒跟她說老頭受傷的事情，這種事知道了也是徒增煩惱。

很快，懂事的侍女親自拎過來幾個食盒，完全隱藏了宋煜出現在這裡的消息，還特別貼心的送來一壺酒。

宋煜跟蕭晴邊喝邊聊，說著這段時間彼此的經歷。

主要是宋煜在說，蕭晴仰臉看著宋煜聽，因為她這兩年實在有些乏善可陳，幾乎都在修行當中度過。

宋煜那句「正好可以幫妳提升一下境界」，更是讓她有種恍若隔世的感覺。

還記得兩人初見，宋煜跟宋妹妹救下她，然後跟她求教輕功的事情。

短短兩年，他就已經成了整個趙國百姓心目中的戰神！

都可以教我了呢，真好！

……

七月十五，中元節。

傳說從七月十四開始，一直到七月十六，這三天是鬼門關大開的日子。

圖圖在創造這個世界的時候，照搬過來很多東西，這種傳統節日自然也不例外。

在這個祭拜先祖的日子裡，臨安府上空陰雲密布，厚重的雲層中不時有閃電亮起，像是有一場暴雨，隨時可能來臨。

可奇怪的是，這種景象一直從清晨延續到午夜，始終這麼陰沉著，卻沒有一滴雨落下。

但就在這厚重的、一直綿延到大海深處的雲層裡，一艘巨大的船正在天空中極速飛行，一路直奔臨安府。

……

李朝恩的房間裡，他與宋煜正喝著小酒配炸花生。

外面漆黑一片，萬籟俱靜。

這種鬼天氣，鳥獸魚蟲也全都聰明的蟄伏起來，悶熱的空氣中帶著一股無盡的沉悶和壓抑。

這時窗外突然有一陣涼風吹進來，老頭往外看了一眼。

「終於要下雨了！」

宋煜卻皺著眉頭，似乎在感應著什麼。

無論在歸來的途中，還是藏身李府這段日子，他始終沒有中斷過修行。

除非萬不得已，否則他並不喜歡越級挑戰的冒險與刺激。

如果可以，他更想單方面的碾壓！

老頭不讓他回來之後就去找楚清輝報仇，一方面是不放心宋煜，怕有危險；另一方面，何嘗不是擔心宮裡的那位？

但骨子裡的忠誠讓他無法說出口，只能讓宋煜不要急。

豐富的經驗和對楚清輝這位老對手的了解，讓他敏銳地察覺到一些什麼，告訴宋煜先等等看。

等等，說不定就會有意想不到的奇蹟發生。

而這奇蹟，似乎……真的要來了！

在宋煜的超強感知中，這厚重的雲層裡面似乎隱藏著一些什麼。

同時就在相府方向，同樣也有一股很特殊的……令人有些不安的氣場。

李朝恩看了眼宋煜，見他在沉思，也沒有出言打擾。

外界都說宋煜是個強硬霸道，做事乾脆直接，手段狠辣的江湖大佬。

儘管被譽為趙國的戰神，但無論官場還是民間，私下談論起宋煜，幾乎都認為他就是個渾身熱血，年輕氣盛的江湖好漢。

放在戰場上是一員頂級名將，進入江湖就是令人敬畏的年輕大佬！

來到朝堂……也從來不像個官。

他也一度這麼認為。

直到宋煜將楚清輝多年布局的陰神邪教連根拔起。

直到宋煜帶著幾百個人橫掃齊國南方，殺敵無數並且先後搶回八萬多匹戰馬。

直到宋煜參與雅州平叛，又在遼國大放異彩。

直到最近這次……悄無聲息從趙國最南方趕到最北方，斬大妖轉世，恢復到丹道境的楚晗，將幾乎必死的他給營救回來！

直到他意識到這孩子已經在不知不覺間，看似張揚，實則無比低調的成長為整個人間最強修行者之一後，依然能在怒髮衝冠要斬楚清輝的時候，認真聽取他的建議……無聲無息回來，每天就在他府上不急不躁的認真修行。

李朝恩終於意識到，這是個強大、熱血、善良，但卻城府極深，特別聰明的年輕人！

一邊將劍仙子傳人的身分隱藏到這種地步，另一邊還能在短短幾年之內做出這麼多驚天動地的大事情，難怪劍仙子會選擇他成為傳承者。

「今晚可能要出事。」宋煜又仔細感應了一會，對著李朝恩說道。

老頭愣了一下，看向宋煜。

「楚清輝那邊，可能真的忍不住……開始發動了！」宋煜說道。

「你感應到了什麼？」老頭問道。

「妖氣，滿滿的妖氣自海上而來！」宋煜道。

老頭沉默良久。

那張最近越來越蒼老的臉上露出幾分糾結，用筷子夾起一顆花生豆，放在嘴裡咯嘣咯嘣嚼著，端起酒杯輕輕抿了一口。

「先看！」

……

相府，那座曾經塌陷，如今已再次重建好的地宮裡面，楚清輝坐在大殿最高處，座椅扶手上雕著兩顆猙獰龍頭！

事到如今，他也不想繼續裝下去了。

若是多年以後，楚晗被殺，楚清輝內心深處不僅不會有任何波瀾，還會感謝出手的人。

但現在，楚晗的死對整個楚系來說都如同滅頂之災。

看似風平浪靜的趙國政壇，其實早在朝堂上的楚系幹將被接連幹掉，陰神邪教被連根拔起的那會就已經暗流湧動。

曾經被壓制的那些非楚系官員，比如楚州知州、明州知州、建州知州等，紛紛開始活躍起來。

這對整個楚系來說，都是一個沉重的打擊，但他楚清輝並不在乎。

只要楚晗在，那些妖兵妖將在，他的根基就在！

可現在楚晗死了，一定是死了，不然絕不會一點動靜都沒有。

人生就是如此，你永遠不知道明天和意外哪個先來。

意外來了，也只能接受。

如今這最後一搏，成了，就會如趙國開國太祖那般，創立起他的大楚政權！

那麼楚晗的死，還真的未必就一定是壞事。

不成，就只能遠走高飛，流亡海外。

成不成都得做，若是真的要等官家或是宋煜找上門來，想做什麼都來不及了。

楚清輝穿著一件青衣，眸光幽冷，楚仁和楚義兩個兒子分別站在他左右。

「二夫人」素雅，坐在龍椅旁邊不遠處。

殿下站著幾十個穿著各異的人，有男有女，有老有少。

其中有穿著朝廷官服的，有頂盔擐甲的，也有穿著勁裝、武者打扮的，一身儒生長衫，看起來像是讀書人的。

還有幾名少年模樣的人，身上衣著跟這時代格格不入。

「相爺，大約再有兩刻，大軍就會到達。」一名穿著樣式複雜的古樸衣衫的少年衝著楚清輝一拱手。

「好，那就麻煩將軍前去指揮，本相……在這裡靜候佳音！事成之後，我們共享天下！」楚清輝沉聲說道。

衣著古樸的少年沒有多說什麼，朝著楚清輝微微躬身施禮之後，轉身出門。

大殿再次變得安靜下來，氣氛顯得有些沉悶。

楚清輝突然笑道：「隱忍多年，如今大事將成，你們幹嘛都這樣一副表情？莫非認為我們會輸？」

楚義大聲說道：「我們有一萬五千先天境界的軍團，世間誰能敵？怎麼可能會輸？」

楚仁這次也選擇站在弟弟這邊，說道：「沒錯，真正能夠主宰這個世界的，終究還是擁有超強戰力的人，一兩個或許不成氣候，但一萬五千，試問天下誰能擋？」

隨著兩位公子的表態，大殿上剩下這群人也終於恢復了幾分生機，但內心深處依然充滿遺憾！

他們不明白楚相為何不在幾年前就開始發動？

那個時候朝廷有各路大員，江湖有無數浩瀚，民間有幾十上百萬的楚教教徒。

尤其那個時候，官家的名聲也並不好啊！

當時發動政變，成功率比現在高太多！

就算楚相顧忌名聲，可權力都已經到手了，再趁機發動一場北伐……哪怕從齊國手上搶回一座城池，也足以掩蓋一切民間聲音。

老百姓……不是最好糊弄的嗎？

所以只能說性格害人，楚相看似老謀深算，實則優柔寡斷。

楚清輝將下面眾人表情盡收眼底，心中也頗有幾分無奈。

真是他楚青優柔寡斷嗎？

如果幾年前發動，看似時機最好，但這裡面問題太多了！

就如同官家不可能完全看透他一樣，官家手上到底有多少底牌，是否真的放棄了修行，到現在他都不敢斷言。

貿然發動，如果引起同樣底蘊深厚的官家瘋狂反撲要如何？此為其一。

就算成功，境界還不夠的他，只能成為自家那個「三公子」的傀儡！

即便坐到那個位置上，但跟現在的官家又有多大區別，那不是他楚清輝想要的。此其二。

第三點是——他和宋煜一樣，並不喜歡冒險，除非萬不得已。

若是可以的話，他更想積累到足夠的實力之後，直接摧枯拉朽，橫掃一切敵！

他跟最喜歡的女人素雅都沒說實話。

整天跟他在一起的「兒子」楚晗更是不清楚，他其實早在幾年前就已成功結丹！

他的道火，是從一座古老地宮裡面得到的一種真紅道火，非常厲害！

獲得道火的時候，楚晗還在女子腹中懷著呢！

楚清輝當年利用那短暫的九個月，做了太多楚晗不知道的事情。

從那座地宮裡面獲悉了無數上古時代的真相，他對劍仙子的了解，不比楚晗這種經歷過那時代的人少！

深知在上古時代，丹道境的修行者雖然很強，但跟那些神魂境的「人仙」、「妖仙」比起來，如同螻蟻一般！

看似只差一個境界，卻隔著天塹鴻溝！

他之所以始終隱忍不發，就是想要先楚晗一步成為神魂境的高手，那才是人間真正的巔峰！

到那時，管你什麼大妖小妖亂世妖，都得老老實實拜倒在本相面前！

上古時代的氣運就和你們沒關係，如今更不是你們這群苟延殘喘活下來的老東西能夠惦記的！

可惜，實在是太可惜了。

如果能在宋煜進京的第一時間，就不顧一切的對他下手，或許……一切真的會有所不同。

只是那個時候誰又能想到，一個不到二十歲的年輕人，會有如此深的心機將自己隱藏得這麼深呢？

都被他那張揚高調的假象給騙了啊！

只是這種後悔的情緒，他不想，也不能表露在眾人面前。

成敗就在今晚一舉，如果失敗了……不，不會失敗！

官家就算再如何強大，也根本擋不住那一萬五千名先天境界的妖兵！

堆，也會生生堆死他！

但是萬一呢？腦海中彷彿有一道魔音在侵擾著他，讓他心神有些不寧。

「你們在這等候喜訊，準備好慶功宴！我出去一下。」楚清輝說著，起身離去。

……

高天之上，雲層深處，那艘巨大的船已經出現在臨安府上空。

若是在白天，這個龐然大物出現在這裡絕對會把人嚇個半死！

下一刻，不計其數的身影從這艘大船上面紛紛湧出，朝著下方臨安府一躍而下。

「喀嚓！」

天地間終於傳來一聲無比響亮的驚雷，傾盆大雨瞬間落下。

一萬多妖兵從天而降是一種怎樣壯觀的場面？絕對會讓人頭皮發麻！

可惜整座臨安府，幾乎沒人看見。

本身就是鬼節，又是這種鬼天氣，哪個會吃飽了撐的跑出來看風景？

就連平日裡無比熱鬧的集市都早早關門，甚至連青樓都大門緊閉，也無人光顧。

喝酒聽曲睡姑娘固然很爽，但萬一出來撞個鬼，那就倒大霉了。

但卻有一人例外。

官家坐在皇宮最高的大殿屋脊上，身上穿著大紅的素色長袍，挽著髮髻，滂沱大雨對他沒有任何影響。

頭頂彷彿有一道無形的能量，大雨落到上面便會自動向四周流淌。

他手邊放著一個黃澄澄的銅製酒葫蘆，偶爾拿起來喝一口，目光不時往天空中看去。

隨著這一聲響亮的驚雷，他的一雙眼中，猛然間射出兩道森冷殺機！

「這麼多妖兵？朕還真是有些小瞧你了呢！」

官家平靜的看著，嘴角勾起一抹不屑的冷笑。

眼看下落最快的妖兵距離皇城上方不足三十丈，官家再次拿起身旁的酒葫蘆用力灌了一口，隨後雙目微微一凝——

「轟！」

一股看不見的能量，剎那間朝著四面八方擴散出去，滂沱大雨竟被生生擋在半空！

下一刻，高天之上，猛然間亮起無數普通人肉眼看不見的紅色線條！縱橫交織，如同一張巨大的網出現在這群妖兵上方，與雲層深處那艘大船的下方！

這突如其來的變化讓所有妖兵妖將全都深感意外，然而根本沒有給他們思考的機會。

這張覆蓋了整座城的大網，瞬間急速落下，比這群妖兵下落的速度快無數倍！

當它接觸到最上面那些妖兵妖將的一剎那，這些最弱也在先天境界的強大生靈身上瞬間燃起一團鮮紅的火焰，發出淒厲至極的慘叫，幾乎頃刻間就被燒成灰燼。

不管是先天境界的妖兵，還是靈元境、化元境的強大妖將，面對這張大網全都沒有任何反抗的餘地，甚至連掙扎一下都做不到！

其中很多已經掉到那層無形能量上的妖兵妖將，全都被攔住，瘋狂的想要攻破這層能量躲避即將到來的紅色大網。

然而根本沒有人能夠成功，一切都是徒勞的！

七月半，傾盆大雨的夜幕中，臨安府的上空，毫無徵兆的出現了這無比詭異且慘厲的一幕！

這群妖兵妖將臨死前發出的慘叫聲音，簡直如同萬鬼哭嚎！

然而因為那道連雨水都給隔絕的無形能量屏障，這座城裡幾乎無人能夠聽見。

大網下落速度太快了！

頃刻間就落到那道無形能量層上，像是兩堵遮天蔽日的牆貼合在一起——一萬五千多名妖兵和妖將，最多也就半刻，全都被這恐怖法陣給殺死！

相府那邊，一道身影衝天而起，速度如同閃電，朝著臨安府外就衝了出去。

那是意識到不對勁的楚清輝！

可就在這時，令人無比震撼的一幕再次發生！

無數道紅色絲線，順著臨安府的四周城牆升騰而起！

所有絲線縱橫交錯，密密麻麻的交織在一起，連同天空中往下覆蓋那張，嚴絲合縫的對接到一起。

形成一道普通人無法看見，但在修行者眼中璀璨奪目的紅色牢籠！

楚清輝的速度快到不可思議，然而依然被攔住！

關鍵時刻，他停住腳步，看著面前這恐怖法陣，一張臉從鐵青變成了慘白。

這時就聽見耳畔傳來一道熟悉的聲音：「楚相，過來陪朕喝一杯吧。」

……

宋府，沈三突然找到孫管家，臉色急切的道：「管家，我要見彩衣小娘子！」

孫管家一臉狐疑地看著沈三。

雖然不清楚自家王爺留著這個混蛋做什麼，但他卻清楚知道，這賊廝是個奸細！

沈三臉色難看，低聲道：「大事！天大的事情！」

就在這時，彩衣身上披著一件白色的褙子從後院走過來。

院子裡有些積水，但她的鞋底卻幾乎是乾的。

她看著沈三，問道：「你有什麼事嗎？」

沈三看了眼管家，低聲道：「我能不能單獨跟小娘子彙報？」

宋雪琪進入宗門之後，彩衣這個大丫頭幾乎成了宋府半個女主人，平日就連孫管家對她都是客客氣氣。

所以聽聞這話，孫管家下意識就想要發火。

王爺沒將你這奸細揪出來弄死，你他娘還敢惦記彩衣小娘子？

彩衣卻示意孫平沒事，看了沈三一眼：「行，客廳說吧。」

兩人來到燈火通明的前院客廳，沈三噗通一聲跪下，左右開弓抽了自己幾耳光。

「小人該死，小人是畜生，拿著府上給的薪酬，卻是個臥底奸細……」

彩衣有些費解地看著沈三，不明白這好端端的，怎麼突然間就選擇自爆身分了？莫非因為今天七月半，被鬼上身了？

就在這時，沈三突然從身上取出一個小木盒，跪在那裡，雙手舉過頭頂，說道：「相府那邊剛剛突然有人過來，找到小人，給了這個木盒，說是相爺留給王爺的……」

彩衣滿心疑惑，但卻沒有第一時間接過來，而是看著沈三道：「你確定……你不是喝多了在胡說八道？」

沈三臉上露出一抹苦笑：「小人確實是個臥底，而且還是個無能之輩，這些年就沒完成過什麼事情，這次相府的人找過來，說只要小人自己主動承認，將這東西送給王爺，王爺大人大量，不會為難小人……」

彩衣身子挪開了一點，道：「你將這木盒打開看看。」

她很怕這裡面有機關之類，萬一是那奸相想要算計自家老爺的呢？對那老狐狸，不得不防。

沈三倒是沒多想，將這沒有上鎖的木盒打開。

彩衣一眼看見裡面靜靜躺著兩枚銅製小印章，下面還壓著一封信，心中當即悚然一驚！

沈三倒是完全沒有任何異樣的表情，這東西他既不認識，也不清楚有什麼用。

其實他本不想接這個差事的，不清楚自己早被妖言惑眾給控制的他根本就不想暴露身分。

自家王爺有多可怕他比誰都清楚。

這要是暴露，都用不著王爺，眼前這位下大雨走在外面鞋底都不濕的女人絕對一巴掌就能拍死他！

可來人說了，這是相爺的命令，讓他放心，只要東西交給宋煜，他就肯定不會死。

所以這會沈三滿心忐忑，等待著命運的降臨。

「行了，東西給我吧。」彩衣接過那個木盒，看了眼依然跪在地上的沈三：「你先回去休息吧，想要活命，這些天就哪裡都不要去，跟誰都不要說。」

沈三頓時鬆了口氣，連連叩首保證，借他一百個膽子，也不敢把這件事情說出去。

不管怎樣，這第一道鬼門關算是過去了！

可沒想到的是，剛剛出門，看見站在外面，臉色冰冷的管家還沒等開口，身子晃了兩晃，當即倒地身亡。

甚至就連孫平看不見的那道陰魂，都在剎那間崩潰消散。

要沈三來送木盒的人是楚清輝，他怎麼可能讓這知曉祕密之人繼續活在世上？

孫平當即就愣住了。彩衣聞聲出來也是愣住，看向孫平。

孫平嘴角抽了抽：「不是我。」

彩衣點點頭，深吸口氣，道：「處理了吧！」

孫平知道肯定發生了大事，當即默默點點頭，拎起沈三的屍體，幾個縱躍，迅速消失在宋府。

彩衣回到房間，小心翼翼將木盒收好，這才長出口氣。

木盒裡面的東西太嚇人了！

也不知道那位楚相到底什麼意思，為什麼會將這種東西……送給自家老爺？

她朝著天空看了一眼，尋常人根本看不見的「紅色牢籠」，已經踏入先天的她是可以清晰看見的。

肯定出大事了！

就是不知道自家老爺，現在在哪呢？

……

李朝恩的房間裡。

什麼都看不見，也什麼都感應不到的老頭聽宋煜說完外面的景象之後，嘿嘿一笑，只是笑容看起來帶著幾分苦澀。

「厲害吧？」

宋煜點點頭。

剛剛那一幕，別說他，連劍靈都給驚到了。

一座巨大無匹，殺傷力超強的法陣，就在他們眼皮子底下驟然升起，覆蓋全城！

別說一萬多妖兵妖將，就算十萬，也根本擋不住！

劍靈甚至第一時間就告知了這座大陣的來歷——出自陣字印，陣字祕藏！

天空中那艘可以飛行的神奇大船早在大網出現的第一時間，就已逃之夭夭。

官家的手段太強了！宋煜心中感慨。

不僅掌握著陣字印，而且成功從裡面領悟到陣字祕藏的東西！

所以即便這是圖圖創造出的世界，也不能小看任何人，薑還是老的辣。

李朝恩讓他不要出手，從等到看，是對的！

收拾楚相，真的用不著他。

老頭露出幾分複雜的笑容，嘆了口氣：「能夠回來親眼見證這場熱鬧，也算不錯，行了，等一下收拾收拾，和晴兒告個別，明日一早我就跟著商隊出發。既然都說了率領大軍北伐，咱家這軍神主將不在，你這戰神也不在，成何體統？」

宋煜點點頭。親眼見證這一幕，再把老頭放在臨安城，在他看來反而更加危險。

「行，不過我得回家一趟，您放心，不會驚動任何人。」

剛剛他就感應到沈三那邊發生了一些事，這會更是人都已經死了。

楚清輝並不清楚他已經回來了，卻在出逃之前，將手上的兩枚印章親自送到他家！

還毒殺了沈三滅口……這是什麼意思？希望他跟官家對立起來？

老狐狸挺狠，居然連這種「身後局」都能布出來。

……

皇宮，大殿屋脊之上。

楚清輝坐在官家身旁，手裡拿著一隻官家剛丟給他的酒葫蘆。

雖然也黃澄澄的，但就是個普通葫蘆，看著有些老舊，有的地方都有點包漿了。

裡面的酒也並非什麼好酒，打開葫蘆塞，又嗆又刺鼻。

身為一國首輔，他已經很多年沒喝過這麼難喝的酒。

「怎麼樣？」官家笑著問道。

「齊國產的劣質酒。」

楚清輝輕聲回應著，用手輕輕摩挲著這個酒葫蘆，眼神有些失焦，像是陷入到某種回憶中，半晌也沒說話。

官家拿起手邊黃銅製成的酒葫蘆，悠悠喝了一口，也不催他。

此刻頭頂天空那厚重而又濃密的烏雲已經漸漸散去，露出月朗星稀的夜空。

七月半，月正圓，像個大油餅，散發著黃色的柔光。

皇宮大殿上面，兩人就這樣靜靜沐浴在月光下，靜謐而又詭異。

整座皇宮大殿裡面，也沒有任何聲息發出。

良久，楚清輝道：「這是我當年贈與官家那隻酒葫蘆？」

官家點點頭：「看來你還沒忘。」

「看來您還是官家。」

「哈哈，當然！」

「這隻酒葫蘆，如果沒記錯，應該是我從北齊帶回來的，那會苦啊！」

楚清輝嘆息一聲，悠悠說道：「雖然體內被種了妖種，從一個文人突然獲得不可思議的力量，但沒錢還是沒錢，而且那時候戰火連天的，就算有錢都沒地買去。」

「我還清楚的記得，當時想要喝酒，好容易才找到一家開著的小酒館。我漢人開的，賣的卻是齊國的劣質酒，我當時問掌櫃，說你是怎麼才能在這種地方經營下去的？齊人不殺你？」

楚清輝眼中露出回憶之色，喃喃道：「那位老掌櫃笑著回答我說，當地會釀酒的都上了戰場，就剩下他這麼一個老傢伙掌握這手藝，他要死了，這地方的齊國貴人們就沒酒喝了。」

「他說他本可以釀造更好的，漢人工藝遠勝齊國，但他不想給齊人喝好酒。」

「後來我走的時候，他送了我個酒葫蘆，裡面裝的……就是這種酒。」

「叮囑我說，伢子呀，你是趙人，一看就不平凡，以後可要做大事，好好報效國家，爭取將來有一天把這地方打回來，我給你釀造好酒！」

「要是能把這地方打回來，那我就算死了，也是和祖宗葬在自己國家，心裡舒坦……」

楚清輝喃喃說著，嘆息道：「從老掌櫃那裡離開後，我繼續一路南下，葫蘆裡面的酒，卻是再也捨不得喝，直到遇見陛下，你我君臣二人……一起喝光了酒。」

「我記得，就是這個味道。」

官家靜靜聽著，這個故事，其實楚清輝當年就給他講過。

他當時聽得熱血沸騰感慨萬千，深深被打動，也是從那一刻起，他決定重用楚清輝，與他攜手並肩，重整破碎山河。

楚清輝道：「臣沒想到，官家不僅直至今日依然保留著這個酒葫蘆，更是尋來了這種齊國產的劣質酒水……難為您，有心了！」

官家笑著道：「送我個人最好的朋友，送趙國權勢最盛的首輔上路，豈能不用心？」

楚清輝倒是沒有反駁，而是問道：「您今晚滅殺妖兵所用的神通……」

「那是法陣。」官家說道：「朕自印章裡面領悟到的，屬於人族修行者的……至高無上的殺伐手段！別說這些垃圾，就算丹道境的大能也逃不脫。」

楚清輝沉默半晌，說道：「官家天資卓絕，臣空有兩枚印章卻是一無所獲，想想您說得對，臣這些年，除了成為妖物的玩物與傀儡之外，一無所有。」

官家看了他一眼：「卿也無需妄自菲薄，不是什麼人都能從一介書生，從成年之後開始修行，短短幾十年，不顯山不露水，踏入丹道境。」

「更不是誰都能年紀輕輕就展露出過人才華，位列公卿。」

楚清輝笑笑，摩挲著手中的酒葫蘆，咕嘟咕嘟灌了兩口，往外哈氣：「真難喝啊！」

官家笑道：「可這對當年的我們來說，卻如同瓊漿玉液！」

楚清輝道：「是啊，時代變了，心也跟著變了，再也喝不出當年那股子香甜了。」

官家點點頭，突然問道：「要試試嗎？」

楚清輝猶豫半晌，苦笑道：「臣，還是有點不太甘心。」

官家微微一笑：「那就試試吧，免得遺憾。」

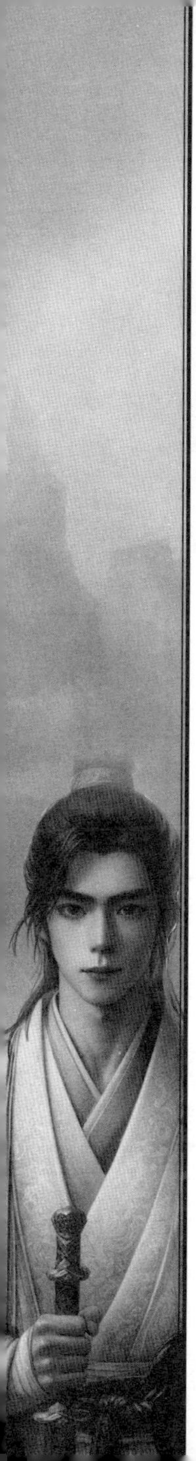

第六八章 開封城下

楚清輝輕輕放下手裡的酒葫蘆，恭敬而又端正地將葫蘆放在皇宮大殿的屋脊之上，神色肅穆而又認真。

「臣不如陛下！臣這些年，早就忘記了這個酒葫蘆，更忘記了這酒的味道。」

「陛下卻還記得，從這一點，陛下就勝過臣無數。」

他說著，身形淩空，緩緩向後退去。

「但臣也有臣堅持的東西！或許，這份堅持在陛下看來尤為可笑。」

「可那畢竟也是臣，內心深處的真實聲音，虛偽也好，邪惡也罷，都不重要。」

「成了，臣便是王；敗了，臣則是寇。」

楚清輝說完，衝著官家深施一禮，身形漸漸往晴朗的夜空上方升起。

普通人肉眼看不見的那座紅色牢籠，在修行者眼中依然熠熠生輝，璀璨奪目到令人不敢直視，散發著恐怖的氣息。

隨著楚清輝身形不斷攀升，紅色牢籠竟然也在不斷升高！

只這份手段，就足以令人瞠目結舌！

官家也從大殿飛起，後發而先至，很快與楚清輝齊平，此刻兩人距離地面已有千丈！

別說臨安府，整個臨安地界，乃至於更遠的地方……這大好山河，都映入到兩人眼中。

楚清輝臉色肅然，看著官家道：「官家果然也早就結丹了！」

官家笑了笑：「朕的身後畢竟是整個趙國，不像你，背後只有妖，雖然結丹，卻也只是結丹而已。」

楚清輝道：「臣一直也以為背後是整個趙國的，直到被宋煜左右開弓，一頓嘴巴給打醒。」

官家哈哈一笑：「朕喜歡那個孩子！」

楚清輝道：「臣也喜歡，只是官家有沒有想過一個問題？臣今日或許必死，就當人之將死其言也善吧。」

官家看著他。

楚清輝道：「那孩子善良正直，骨子裡滿腔熱血，是個頂級的優秀人才。但是官家，他今年才二十出頭！」

官家道：「二十一歲。」

楚清輝看著官家：「他這麼年輕，就已經是一字異姓親王，回頭南征北戰，再度立下赫赫戰功時，陛下又要如何封他？臣沒記錯的話，他成功鎮壓雅州叛亂，您就沒再封吧？」

官家笑道：「雅州叛亂不是他的功勞，是李朝恩的。回頭等宋煜打下齊國，朕封他為齊國王，打下遼國，朕封他為遼國王，總之，打下什麼地方，他就是什麼地方的國王！」

楚清輝愣住，不敢置信地看著官家，失聲道：「諸侯王？」

官家臉色平靜地道：「是啊，卿是覺得朕沒那胸襟，還是沒那個魄力？」

楚清輝沉默了一會，道：「官家過去都不稱朕的，所以臣，相信官家有這個胸襟跟魄力。」

官家看著他：「其實就算楚相你，如果當初這麼做，朕也一定會如此待你，甚至……會待你更好！因為朕，當年是真的當你是兄弟！」

楚清輝苦笑著搖了搖頭：「多說無益，臣還是要試一試，萬一官家只是表面光鮮卻內裡空空，萬一您只擅長法陣呢？」

官家一臉平靜：「那就來吧！」

楚清輝不再說話，凝立在虛空的身上開始緩緩散發出滔天的強大氣場。

下一刻，他一聲大喝，突然從口中吐出一顆黃豆粒大小的圓球。

圓球通體銀色，在虛空中滴溜溜高速旋轉，閃爍著光華，剎那間同一道銀色閃電，瞬間射向官家眉心。

它散發出的劍氣如同一道道散開的漣漪，每一道波紋都蘊藏著難以想像的恐怖威能，便是有一座大山擋在前面，也會在頃刻間轟然崩塌！

隨著它的高速前行，就連虛空都變得扭曲起來！

劍丸！這是上古修行界頂尖劍修的手段。

用道火將神金先煉化成劍的形狀，收入丹海日夜蘊養，再用道火反覆煉化，最終將其煉化成「丸」狀，養在絮滿靈能的丹海。

一旦放出，彷彿擁有靈性，擁有不可思議的恐怖威能！

射入敵人體內之後高速旋轉，可在瞬間化作絕世鋒利的飛劍！

只要是血肉之軀，再強大的五臟六腑，都無法承受這種程度的傷害。

「好手段！」

高天上傳來官家讚嘆的聲音，下一刻，他的身影卻消失在了那裡，取而代之的……是一座浩瀚無垠的巨大宮殿群！

在這夜空中閃爍著五顏六色的光芒。

瓊樓玉宇，幻彩環繞，宛若傳說中的天宮！

劍丸進入到宮殿群中，彷彿泥牛入海，竟沒能生出一點漣漪！

楚清輝臉色大駭，這是什麼神通？難道不是幻象？

不等他有所反應，這座巨大的宮殿群中猛然間殺出不計其數的天兵天將！

隨便哪個，身上爆發出的氣勢都如同神祇一般！

堂皇正大，威嚴恐怖！

壓得楚清輝雙膝發軟，雙腳彷彿置身泥潭，根本動彈不得。

「鏘！」

一尊巨大神將，用手中方天畫戟狠狠劈向他的腦袋。

楚清輝丹海中的內丹瞬間爆發出無與倫比的超強力量，大喝一聲，手中出現一桿長槍，向著方天畫戟迎去。

「嗡！」

虛空扭曲破碎，但這一槍卻落空了，像是打在空氣中。

那方天畫戟，就如同一道影子順著他的腦門「斬」下來。

楚清輝頓時愣住，眼中露出不可思議的神色。

「這……怎麼可能？」他喃喃道。

「你也好，你身後的妖也好，只有結丹之形，卻無結丹之神，更無結丹之威！似你這種，在上古修行界，不過就是一群土雞瓦狗！法都沒有，算什麼修行者？」

虛空深處傳來官家淡淡的聲音。

如此高空，官家的聲音卻絲毫沒有波動，更無縹緲感覺。

楚清輝額頭之上未見傷口。但是他的祕藏之地、神橋、丹海……以及藏於心臟的神魂，卻被這一擊盡數斬了個粉碎！

「法……」他喃喃說出最後一個字，隨後魂飛魄散，身死道消！

楚清輝失去神魂意識的身體，依舊懸在高天，丹海當中的能量消耗……連十分之一都沒有！

隨後，所有幻象瞬間消失。

現出拎著方天畫戟的官家，平靜地看著楚清輝那雙失去神采的眼睛。

此時頭頂虛空，突然有一顆流星劃過。

官家淡淡道：「境界再怎麼高深，都是死的，法才是最重要的！」

「一件只需要動動手指的殺人利器，在三歲稚童的手裡，跟在一個成年人手裡，發揮出的威力是等同的，這殺人利器，便是法！」

「你們都在找尋修仙法，其實，每一枚印章裡面都有修仙法，又何必專門去尋劍仙子？她若真那麼厲害，當年又怎會被逼得一劍斷仙路？」

方天畫戟自他掌中消失，直到此刻，楚清輝的身軀像是垮塌的沙人，頃刻間就消失得無影無蹤。

官家微微皺眉，喃喃道：「那兩枚印章……竟不在他身上嗎？」

……

臨安城，相府。

能被修行者精準捕捉到的法陣痕跡讓相府裡的所有人都深感不安。

更讓他們不安的，是楚清輝先前在離去一陣子歸來後，再度突然消失。

而原本應該已經殺入皇宮的一萬五千多名妖兵妖將卻是聲息全無，這太不同尋常了！

「哥，你說會不會是出事了？」楚義臉色有些蒼白，眼裡滿是恐懼。

從楚清輝說今晚要起事的那一刻起，他們兄弟兩人，連同此刻身在相府的所有人在內，內心深處其實都充滿不祥的預感。

總覺得相爺這臨時起意的政變，有些太過倉促了。

哪怕有那一萬五千名妖兵妖將，也都覺得不安心，如今看來，他們的預感似乎正在被驗證。

「別亂說，我們有那麼多高手，官家能有什麼？」楚仁大聲說著。但劇烈起伏的胸口，不斷的深呼吸，同樣出賣了他此刻的緊張。

「我……」楚義還待說什麼，見坐在那裡的幾名服飾不同於這個時代的少年突然臉色大變，身形一閃就衝了出去。

下一刻，足有上千名身穿紅衣的戰士從相府外面殺進來。

隨便一個，身上都爆發出恐怖的血氣波動！

他們衝進相府之後，見人就殺！

裡面的人甚至來不及發出呼救和慘叫，就已經身首異處！

離體的陰魂也被這連成一片的恐怖血氣衝擊得煙消雲散，等那幾個少年衝出來的時候，相府從上到下，已經死傷過半！

看見他們從地下宮殿裡面出來，一群紅衣戰士頓時圍殺過來，面對這幾個化元境的少年，面上沒有絲毫懼色，組成戰陣一言不發的展開圍殺！

「轟隆隆！」

幾乎眨眼之間，這幾名少年就被這群紅衣戰士當場斬殺，甚至就連還手的力量都沒有！

隨後出來的楚仁、楚義目眥盡裂。

他們直到此刻，才明白父親為何遲遲不發動。

官家的力量，原來早已經到了這種可以輕易覆滅他們的地步！

楚義只來得及大聲喊了一句：「你們是什麼人？我是相府二公子……」就被一名紅衣戰士一刀給劈了。

從始至終，這群紅衣戰士沒有一個人說話，就像一群冰冷的殺戮機器。

犁庭掃穴一般，裡裡外外將相府上上下下所有人全部斬殺！

最後，他們在地宮裡找到了一直沒有出來的素雅。

素雅臉色蒼白，大聲說道：「我是齊國妖王的人，你們不能殺我，我要見你們官家！」

兩名紅衣戰士舉刀上前，凶狠劈砍。

素雅那一身接近丹道境的修為盡數爆發出來，怒喝道：「你們殺我男人，如今還想殺我，都去死吧！」

「轟隆！」

恐怖的能量波動當場將兩名紅衣戰士給掀飛，狠狠撞擊在牆上，大口咯血。

下一刻，至少十幾枝箭射向她。

持弓的紅衣戰士們身上，同樣爆發著化元境的靈能波動！

「噗噗噗……」

一支枝箭矢深深射入到素雅的身體中，她噴出一口鮮血，一屁股坐在地上，喃喃道：「楚郎，我來陪你了！」

……

宋府。

悄然回到家中的宋煜找到彩衣，在彩衣震撼不敢置信的目光中輕輕一笑。

彩衣雖然不清楚自家老爺從什麼地方回來的，但還是第一時間拿出了那個小盒子交給宋煜。

宋煜沒有第一時間打開，只是拉著彩衣推開窗子。

此時夜空中的烏雲已盡數散去，十五的月亮又大又圓，散發著皎潔的月光。

隨後彩衣就有些朦朧的感應到高天之上似乎發生了一些什麼事。

宋煜卻是看得清楚真切。

他安安靜靜，從頭到尾看完了官家是如何斬殺楚清輝的，這才把窗子關好，對彩衣說道：「不要跟任何人說我回來過，現在的我正在北伐的軍中。」

彩衣略帶幾分茫然的點點頭。

宋煜衝她微微一笑，閃身離去。

……

七月十七，臨安往北的官道上，一支普通的商隊由打著雲海跟興武旗幟的鏢局保護下，正在朝著盧州方向趕去。

興武是這個鏢局的名號，掛雲海旗幟，說明鏢局裡面有雲海武館的弟子。如今這個旗號在趙國江湖上，幾乎有著「一旗定乾坤」的威力！任何山賊路霸看見，都會主動退避，甚至都不會上來驗證一下真偽。

宋煜跟李朝恩坐在馬車裡，他正在讀楚清輝留給他的那封信——

「宋煜，如果你能看見這封信，那麼本相大抵是死了。」

「即便還活著，應該也如同喪家之犬遠走海外，或許此生再無見面機會。」

「沒能親手斬我，你一定很遺憾吧？」

「其實沒有必要，我若死了，必然魂飛魄散；若僥倖活著，也是生不如死。」

「本相生於『前趙』末年，自幼苦讀詩書，僥倖得中進士，也想在官場之上大展身手，實現滿腔抱負，然襄陽之恥，三載囚徒生涯，改變我這一生。」

「齊國有大妖，境界高深，法力無邊……衝破封印之後，聚攏舊部，透過種妖種方式培養妖兵傀儡，那位大王身邊還聚集著大量上古修行者，那些人被他控制，成為鷹犬爪牙。」

「我因文采出眾，當年被那大王看中，體內種了顆高級妖種，適逢官家南逃，開始重整山河，於是我被放走，任務就是潛入到官家身旁，待機會合適，便協同他們，一起亂世……」

「那時的我，尚不清楚官家體內也已被種了妖種。」

「本相從那尊大妖處得知印章祕密，不甘心受控於人，便開始苦心尋找，皇天不負有心人，真的讓本相找到了蛛絲馬跡，也是在那時候發現官家祕密，生出取代之心……」

楚清輝在信中詳細說明了當年他設計殺害蕭良蕭相公，劉爺的二叔劉二狗，甚至是宋煜的祖父宋興平、父親宋廣祁的詳細經過。

同時又展露心聲，給宋煜道歉——

「人為了達到目的，往往不擇手段，在過去我一直認為這沒什麼錯。」

「畢竟這就是一個弱肉強食的世界，我們殺牛宰羊，牛羊何其無辜？還不是吃得香甜？」

「直到遇見你，被痛罵數次，嘴上說著你幼稚無知，其實內心深處不無悔恨煎熬。」

「你的才情是我生平僅見，你的能力更是令我羨慕不已。」

「我知道印章裡面有千般妙法，萬種神通，可惜終究沒能獲取認可，無法參悟……」

「我這一生好事做過，年輕時也曾如你這般滿腔熱血，抱負遠大，只可惜落入敵手，被種妖種，儘管努力掙扎，卻依然淪落到如此境地。」

「一步錯步步錯，幾十年過去，驀然回首，也曾悔恨交加，怎奈積重難返。」

「只能在這條錯誤道上一路狂奔，越走越遠。」

「官家藏得極深，甚至我一直有種猜測，他……已經不是真正的官家了！」

「我也並非是要挑唆，不信你問李朝恩，他跟我一樣了解官家，你看他怎麼說？」

「你是個頂級優秀的年輕人，儘管你破掉我無數布局，讓我多年心血毀於一旦，我卻並不恨你，甚至無數次想過，若我成功，必然會重用你；若我失敗，最能實現我心中理想的人，也一定是你……」

「倘若有朝一日你最終證實我的說法，那麼，帶著這兩枚本就屬於你祖父的印章，帶著本相九泉之下的期望，反了他吧！」

「你比他，更適合成為這人間的王！」

宋煜看過之後，沉默良久，把這封信遞給李朝恩。

老頭看他一眼，道：「楚相留給你的遺書，咱家看什麼？」

宋煜哈哈一笑：「怎麼的？作為老對手，都沒給您留句話，心裡不痛快了？」

老頭忍不住翻了個白眼，撇撇嘴道：「他死了咱家高興得很，哪有不痛快？」

說著老頭還是接過了這封信。

因為境界幾乎沒有了，身體各項機能下降得厲害，眼睛也變得有點花，老頭只能藉著馬車窗外的光線，反反覆覆調整了一番角度之後，這才逐字逐句認真讀起來。

一邊讀還一邊在那評論著——

「死都不忘吹噓自己，知道的是他當年考中進士，不知道的還以為他考中的是狀元。」

宋煜：「……」

老頭繼續往下看，當看到楚清輝認真剖析自己當年殘害劉二狗、蕭相公和宋煜祖父、父親的心態那段時，多少有點破防。

「這狗賊！能將滅絕人性的事情說得如此理直氣壯，真他娘氣死咱家了！」

宋煜看著老頭道：「別氣了，他都死了，魂飛魄散。」

「便宜了他！」老頭吹鬍子瞪眼。他現在依然易容成一個老員外的模樣，似乎對鬍子挺有執念的。

最後讀到李朝恩對官家的各種分析和猜測，老頭倒是沒有多說什麼，沉默了半晌，把這封信還給宋煜，問道：「你是怎麼想的？」

宋煜笑了笑，道：「官家並無惡行。」

李朝恩並未回答，依然看著宋煜。

宋煜道：「他不負我，我便不負他！」

李朝恩輕輕點點頭：「你能這樣想，咱家很欣慰，從個人情感上來說，咱家必須得和你坦承，你和官家……在咱家心中其實並無太大分別。」

宋煜道：「我明白。」

「但是……」李朝恩頓了一下，認真看著宋煜的眼睛：「這一切的前提，得是官家依然還是官家，他若已經不再是他，那麼就算是個擁有官家全部記憶和情感的人，就算他沒有任何惡行，咱家也是支持楚相這狗賊最後的建議的。」

宋煜愣了一下，看著李朝恩問道：「您這麼說，莫不是已經認定？」

李朝恩搖搖頭：「不能認定，好比現在的我和將來的我，從情感到記憶，所有一切都是可以延續的，做人做事的風格，也沒有任何改變，你又憑什麼斷定前後不是一個人呢？」

「那您怎麼還對這件事情耿耿於懷的？」宋煜問道。

「直覺。」老頭悠悠道，末了又補充一句：「還是防著點好。」

……

九月十五，距離臨安城那一夜已經過去兩個月。

楚相滿門被滅的第二天，就有一道旨意從宮裡發出，說楚相滿門被妖族所害，官家大為悲慟，同時也大為震怒，發出海捕文書，請天下高手共同緝拿各種妖物……

又對楚相全家大肆追封。

楚相更是被追封為郡王……給予了風光大葬！

可惜楚相全家都沒了，剩下一些遠房親戚，隨著事後陸續傳來的消息，這些遠房親戚也都被各地妖物所殺，好像被殺絕了。

總之，就很慘。

對於一個在民間百姓心目中名聲已經臭了的相爺來說，他死不死，真的沒多少人關心。

最多拍手稱快，說句死得好。

相比他的死，真正讓整個趙國上下一片歡騰的則是這兩個月來接連不斷傳來的北伐消息！

七月下旬，有消息自齊王趙旦那邊傳來——攻克唐州、鄧州，如今正直奔京兆府！

八月初，又有消息分別從趙旦和李朝恩兩邊傳來——

趙旦這邊，一萬騎兵通過急行軍，迅速攻打京兆府，京兆府內部漢家子弟在趙旦大軍到來的時候，自內部起兵！

裡應外合，迅速控制了整座城。

李朝恩這邊傳來的消息則是五萬大軍先攻克潁州，後兵分兩路，由「果然是在那裡的勇王宋煜」率領一路人馬，直奔蔡州。

李朝恩率領令一路人馬，迅速收復泗州，之後朝著海州殺去！

八月末又有消息傳回——

趙旦也選擇兵分兩路，他親率一路，寒江節度使盧童率領另外一路。

趙旦從京兆府出發，一路往東北殺向河中，盧童往西攻打鳳翔府。

兩路大軍在收復這兩座城之後，分別從兩個方向，形成包抄局勢，朝齊國西南諸城發起猛攻！

李朝恩部在收復海州之後，直撲徐州，劍指歸德府。

宋煜部在收復蔡州後，朝著許州殺去。

至此，昔日的趙國疆域，如今齊國南方，幾乎有一半被收復回來。

如今九月十五，趙國這邊得到的最新消息——

宋煜跟李朝恩同時朝著開封府，這座曾經的都城殺了過去，誓言要一戰拿下！

……

趙國國內開始徵兵！

大量在雲海武館學習一兩年，出身清白，品行俱佳的年輕弟子在修行過簡化版真經之後，境界突飛猛進，如今更是得到「一步登天」機會。

參軍之後，直接就被授予軍官。

他們的任務並不是開疆闢土，而是去守土！

連同大量年輕讀書人一起，被派往這兩個月收復的那些城池當中。

文人主政，武者守城。

既然已經拿回來，那就要永遠的拿回來，絕不能再失去！

整個趙國已經徹底沸騰了！

之前任誰也想不到，所有漢家子弟心心念念的北伐會來得這麼快，戰果會如此豐碩。

這在過去三十年，是連想都不敢去想的一件事！

趙旦、李朝恩，這兩位昔日軍神再次熠熠生輝，光彩奪目。

寒江節度使盧童這位中生代將領，先有一闋滿江紅，如今又有如此驕人的戰績，被無數趙國百姓所敬仰。

然而真正讓所有趙國人發自內心的喜歡，並瘋狂崇拜的，依然還是那個已經當了王爺，卻依舊一身江湖氣的煜公子！

這世上有一種很玄妙的東西，叫做路人緣。

有些人不知道為什麼，天生就討喜。

哪怕是完全陌生的、不認識的人，也會對這種人生出天然的好感。

宋煜出名伊始，先以文采驚天下，後以武功動人心。

隨著他那些英雄事蹟一樁樁一件件流傳開來，毫不誇張的說，在那個時候他就已經成了整個趙國的「國寶」，男女老少心目中的「英雄」！

對他來說，路人緣這東西看起來甚至都沒有多大用處了，然而在這場北伐戰爭中，依然還是呈現出了巨大威力。

明明大家都在北伐，明明四路主將各有千秋，在齊國內部空虛，無力抵抗的情況下，沒辦法說誰打的更厲害。

可最受寵的那個，只有宋煜！

甚至在海晏河清的朝堂之上，官家誇讚宋煜的次數，都遠勝過其他三人。

……

十月二十六，深秋，開封府外。

李朝恩部和宋煜部終於再次兵合一處。

沒有選擇圍城，只是在開封城外三十里安營紮寨。

披著一件大氅的李朝恩在宋煜攙扶下，站在軍營外，遙望著這座古城，眼眶微微有些濕潤，感慨萬千！

「當年咱家還是個小太監，就站在那個位置……」他用手指著封府城牆的一個方向：「看著四面八方奔湧而來的齊軍，滿心惶恐和絕望，身後城中百姓哀鴻遍野……」

「咱家死都忘不了，那群人攻入開封後的所作所為。」

「當時齊坤率領的部眾已經打到襄陽城，那時候的他們就跟現在的我們一樣，摧枯拉朽，所向披靡，連像樣一點的抵抗都見不到。」

「齊坤坐鎮襄陽，已經懶得再往南打了，開始下令，讓東京城這邊源源不斷往南送女人。」

「先是青樓、教坊司的妓女，然後是處女，再然後……就是宮裡面的後妃和帝姬。」

「那些命運悲慘的女人從北往南，後又從南向北……恥辱啊！」

老頭喃喃道，望著遠方那座城，眼裡有一抹晶瑩閃過。

「那時候咱家就在心裡發誓，這輩子若有機會，一定要打回來！不僅要奪回這東京城，還於故都，將來有朝一日，還要馬踏中都！」

「親自將齊坤那條老狗給拎出來……」

「孩子，你知不知道，咱家還專門學過一項技能？」

宋煜看向他。

李朝恩一臉認真：「凌遲！咱家專門跟經驗豐富的老師傅學習過！不是咱家心腸歹毒狠辣，沒有人性，咱家心裡面太恨他們了！」

「就像你那兩句詞——壯志飢餐胡虜肉，笑談渴飲匈奴血！」

「你知道咱家看見這兩句的時候是什麼心情嗎？你這孩子是真懂我的心啊！」

「面對他們，唯有千刀萬剮，方能滅了心頭之火！」

「不過現在看起來，就算有機會抓住那條老狗，咱家也他娘有心無力了，唉！」

宋煜微笑道：「您別灰心，我說了，您就好好活著，別累著。打仗的事交給我們，也給我點時間，等踏入丹道境，就一定可以解決您的問題！到那時，要不了幾天，失去的都會回來，保證您生龍活虎！」

李朝恩哈哈一笑，道：「知道嗎孩子，能以現在這種狀態出現在這片大地上，咱家的心裡面已經比恢復境界還要開心無數倍！」

宋煜相信，但他其實是有點失望的。

之前期盼著楚清輝給他那兩枚印章裡面會有者字印，可惜，兩枚印章分別是前字印和行字印。

前字祕藏是用來修煉元神的，這就有點高端了……別說他現在這種「靈元境」，即便到了神魂境，將魂體修成強大無匹的陽神，距離擁有元神這種境界依然無限遙遠。

所以前字祕不是他現在所能參悟的東西，暫時被丟到一旁。

倒是行字祕藏對現在的他來說，有著難以想像的增益，因為這是一篇關於速度的經文！

修行到極致可上達九霄下穿九幽，甚至涉及到了時間領域。

當然這種究極境界也不是現在的宋煜所能掌握的，但在參悟之後，他的身法較之過去已經有了不可思議的大幅提升，說是翻天覆地也不為過。

雖然前字祕藏和行字祕藏都叫他大為震撼，但終究不是可以活人生死的者字祕。

想要治好老頭身上的隱疾和暗傷，依然還需要時間。

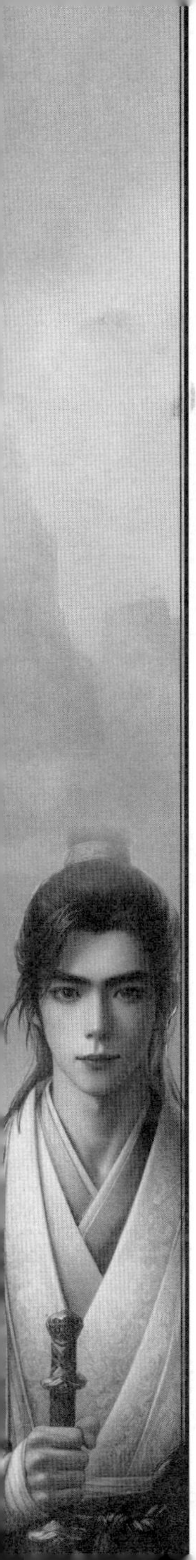

第七章

斬上古體修

開封城頭，一桿寫著「姜」字的大旗正迎風招展。
大旗之下站著個身高七尺的大漢，一身黑色鎧甲，正眸光冰冷的看向趙軍大營方向。
短短三個月，四路趙軍摧枯拉朽，將齊國南方幾十座城盡數收復。
齊國舉國震動，從上到下全都坐不住了！
先前那三十萬大軍的覆滅，就已經讓齊皇被罵了個千瘡百孔。
如果吐沫可以淹死人，估計他現在骨頭渣子都爛沒了。
齊國民間怒不可遏，曾幾何時，擁有這種破城速度的是他們齊國的鐵軍啊！
為什麼現在會變成這樣？到底是誰的問題？
貪汙、腐敗、享樂成風！
太上皇都他媽的那麼老了，都退位了，還在心裡惦記人家趙國長公主。
今上繼位之後，更他媽一件像樣的、能拿得出手的政績都沒有。
這是天要亡大齊嗎？
迫於巨大的壓力，齊皇只能再次去找大王哭訴，從大王身邊求來這個大能！
此人雖然姓姜，卻並非出自齊國姜氏，而是一名上古修行者！
姜鼎目光森冷地看著幾十里外那座巨大軍營，隔空與宋煜對視。
那位趙國軍神李朝恩確實跟傳言中說的那樣，盧州城一戰之後，整個人都快廢掉了。

但這宋煜……卻是不簡單啊！

隔著幾十里，普通人的眼睛連人影都無法捕捉。

一般境界沒那麼高深的修行者，最多也就能看到一個人影。

能夠做到隔著這麼遠，還能與他對視，甚至從對方眼中還能看見一抹冰冷殺意的……境界應該不比自己差多少，甚至有可能不分上下。

姜鼎長的有些粗糙，表情嚴肅的臉上更是坑坑窪窪，一看就是個糙漢子，一點都不像丹道境的修行者，更看不出他這樣的人會擁有十分細膩的心思。

「看來先前的一些傳聞，很大可能是真的！楚清輝身邊大妖折損於廬州，宋煜身後……極有可能就是那位劍仙子！」

「這一戰，我必須小心謹慎才行！」

他沒有選擇繼續跟宋煜對視，而是轉過身順著坡道下來，回到甕城的軍營裡面。

在這裡，有先前潰逃回來的七百多妖兵妖將，連同他這次帶出來的五千妖兵妖將一起，形成一股足以震懾全城的可怕力量。

他來的時候，開封城內一些漢人想要鬧事來著，被他一頓血腥屠戮，全都老實了。

姜鼎心中盤算著，要怎麼利用這些妖兵，才能給外面的趙國軍團造成巨大的傷害？

「聽說那宋煜非常擅長偷襲？要不……我也趁著他們大軍立足未穩，來一場突如其來的……偷營？」

「到時候我就讓所有人大喊宋煜死了！用你用過的招數來陰你！」

「到時候趙國這邊的軍營……也得炸吧？」

姜鼎思忖著。

……

趙國軍營內，宋煜在自己的帳篷裡面跟劍靈請教關於妖種的事情。

剛剛跟開封府城頭那個強者對視的時候，他就很敏銳的感覺到城裡聚集著大量妖兵。

先前被官家用法陣絞殺那一萬五千名妖兵，包括在廬州城外那些他沒來得及打就已經逃之夭夭的妖兵，都讓他深感好奇，搞不懂這些戰力強大的東西是怎麼出現的。

之前他在各地清理那些陰神邪教的時候，可是一個都沒見過。

唯一一個能夠確定的，應該就是齊珏那個已經死了的傢伙。

「這些東西吧，其實都是垃圾。」劍靈的意念中充滿不屑：「你知道什麼是妖種嗎？」

宋煜咂咂嘴：「我要知道還會問你？」

劍靈道：「妖種是雌性大妖的卵！這些所謂的妖兵則是用來孵化的溫床！」

宋煜愣住。

劍靈接著說道：「大妖將妖卵種到其他生靈體內，生根發芽後，強大的妖性便會覺醒，很快便可以擁有妖的各種屬性。」

「比如遠非人類可以擁有的速度、力量、敏銳、感知……加以培養之下，一個類似先天的高手，就這樣出爐了。」

「但這些妖兵只是擁有先天的境界而已，真實戰力肯定比一步步踏入先天的人類武道修行者差得多。」

宋煜微微皺眉：「這就是為什麼黃騰能一棒子一個輕鬆砸死他們的原因？」

劍靈「嗯」了一聲：「人類的血肉身軀很難承受這種不屬於他們自身的力量，平日還好，一旦爆發戰爭，最多只能凶狠一波，妖種賦予的力量耗盡之後也就徹底廢了。」

宋煜問道：「所以用妖兵打仗，根本不是那些大妖們想要的結果？」

劍靈道：「是的，只有到迫不得已的時候，才會派這些妖兵出來。」

「被種了妖種的生靈，就如同被可怕存在給寄生了，妖種沒熟的時候會共生，妖種一旦熟了……你懂的。」

「一群身不由己的可憐人。」宋煜喃喃道。

劍靈道：「沒錯。」

「對境界高深的上古妖物來說，製造、培養這些妖兵妖將並不難。」

「只要有合適的人，足夠的資源，他們能在很短時間內製造出一個妖兵軍團。」

「但是他們的真正使命，是用來給體內妖種提供能量的！」

「一旦妖種徹底成熟，便會吸乾寄主的血肉，破殼而出……這，便是妖魔亂世的一部分。」

宋煜眼中滿是震撼，沉默不語。

劍靈此時意念也帶著幾分感慨：「上古時代只有少數幾個大妖這麼嘗試過，都被圖圖給宰了，到了如今，在無人制衡的情況下，牠們便開始肆無忌憚起來。」

「這些妖兵妖將一旦上了戰場，就是徹頭徹尾的『消耗品』。」

「死亡之後，要是妖種沒有被人毀掉，那麼還能再生出一頭怪物。」

宋煜輕聲道：「相當於提前被催生……等於前功盡棄了。」

劍靈道：「其實呢，『製造』他們的大妖，並沒有那麼在意妖種的死活。製造牠們不過是為了讓這世間更加混亂一點。」

「就像蒼蠅產在屎裡的卵生出蛆後，也不會回去認親一樣。」

「相比之下，他們更喜歡操縱這世間的人類自相殘殺，從而實現真正的目的。」

「所以真正懂的，比如齊國太上皇齊坤、皇帝齊兵，比如趙國官家、宰相楚清輝這群人，一旦體內被種了妖種，最大心願肯定就是煉化妖種！」

「哪怕他們身上的妖種等級更高，成熟期更長，也終究只是一泡屎罷了。」

「而那些體內被種了妖種，還沾沾自喜，認為是人是妖全都無所謂，其實不過是一群愚昧無知且命運不能自主的可憐蟲。」

沒想到這才是妖種的真相。

聽著十分高級，像是可以完成物種的進化，實際卻是一群血肉寄主。

怪不得過去都沒怎麼聽說過這東西，圖圖和劍靈可能都沒關注過，記載中也只有「妖軍團」，原來是這麼來的。

劍靈眼中的這群可憐蟲也確實可憐，他們就是這個世間的「生民」啊！不同於那些燒殺搶掠的邪惡之輩，被種了妖種的人當中，又有多少是真正沾沾自喜，認為自己改變了命運的呢？

想要為生民立命，為萬世開太平，斬妖！斬妖！還是斬妖！

不將這些妖物從這片大地上清理乾淨，就永無寧日。

這時劍靈接著說道：「所以這些東西看起來很可怕，動輒就是上萬人的先天妖物軍團，實際根本沒什麼了不起，都不夠當年的圖圖一劍橫掃，便是現在，對付他們也簡單得很。」

「哦？」宋煜眉梢一挑，道：「說說看！」

「用火攻！」劍靈絕對是個好戰分子，對斬妖這件事情有獨鍾，興致勃勃的給宋煜出主意。

「火攻？」宋煜喃喃輕語。

「對，火攻！這手段對真正的大妖肯定不好使，但對這些連妖都算不上的東西，火攻非常有效！」

「他們本身就畏懼火焰，再在暗中埋伏大量弓箭手，一戰就可以消滅無數！」

宋煜思忖著，突然問了句：「妳說這些被種了妖種的人，還有救嗎？」

劍靈沒有嘲笑，而是認真回答道：「你不用同情那些人，他們原本無辜，可體內一旦被種了妖種會立即生出妖性，已經不再是人了。這世上沒有多少人能像你那位正邪難辨的官家似的，有大毅力去化解。」

「即便有，也沒有那麼高明的手段！」

「從被種了妖種的那一刻起，他們的命運就已經寫好了結局。」

「早點死，對他們來說未嘗不是一種解脫。」

宋煜嘆了口氣，道：「我知道了！」

隨後他便起身找老頭商量去了。

……

深夜，姜鼎帶著三千多名妖兵悄然從開封府北門離開，乘著夜色繞出很遠距離，來到趙國大軍側翼。

遠遠的，姜鼎冷眼看著那片一眼望不到盡頭的軍營。

裡面燃著大量篝火，十分安靜，一隊隊巡夜的戰士井然有序的來回走動。

「人間的打法，根本不適合修行界的戰爭！今天本尊就叫你好好開開眼界！」

姜鼎一雙眼中閃爍著冰冷的光芒，大手一揮，身後三千多妖兵瞬間爆發出極快的速度，朝著趙軍大營猛然間撲殺過去！

「宋煜，我今天就來教教你，任何一個丹道境的上古人類修行者，其神通戰力不是世間凡人能想像的！今日就讓你見識一下！」

姜鼎說著，身形驟然間消失在原地，幾乎就在下一刻，他竟無比精準的出現在了宋煜的營帳外面！

對上眼前似乎聽見什麼動靜，剛好從帳篷裡面出來的英俊年輕人，姜鼎眼中閃過一抹強烈殺意，抬手就是一拳。

「轟！」

一股難以想像的強大力量，彷彿一座大山高速砸下來！

「嗡！」

夜空中傳來一聲恐怖的嗡鳴，宋煜捏著拳印，迎向姜鼎的拳頭。

兩人的拳頭還沒有觸碰的時候，空氣中便傳來一聲沉悶至極的轟鳴，像是流星下墜時發出的巨響。

能量轟然向四面八方擴散出去，摧枯拉朽，飛沙走石！

一聲驚天動地的恐怖爆鳴，兩人拳印對轟在一起時所發出的聲音，反倒顯得有些微不足道。

「喀嚓！」

一聲清脆的骨頭碎裂聲響幾乎被徹底淹沒在這恐怖爆鳴聲中，姜鼎感覺自己彷彿打在一座神金鑄成、不可撼動的大山上。

手指上傳來的那種劇痛，讓他有種懷疑人生的感覺。

「這就是你讓我見識的丹道境上古人類修行者的威力？你是個沒什麼本事的體修吧？」宋煜略帶嘲諷的聲音傳來。

姜鼎暴怒，想不到自己最引以為傲的近戰居然就這樣被破除，他強忍劇痛，身形向後倒退。

就在這時，整個趙軍大營，突然間「炸了」！

綿延十餘裡的軍營傳出驚恐的叫聲，火光四起！

姜鼎運功恢復著指骨裂開的傷勢，冷笑道：「宋煜，看見了嗎？這就是你最擅長的手段！你的大軍……今日將全軍覆沒！」

說話間，一股雄渾能量順著姜鼎身上爆發出來，他的掌中出現一桿長槍，再度朝著宋煜衝來，槍出如龍！

宋煜身形向後倒飛，越飛越高，手裡拎著一把劍，目光冰冷地看著這個可能是上古體修的傢伙。

有點懷疑這人是不是有點傻？你就不能回頭看看，現在是什麼局面嗎？下方趙軍大營中，三千名衝進來的妖兵已經完全傻眼了！

他們爆發著堪比先天的強烈能量波動，渾身上下都有使不完的力氣，對他們來說，擋在面前的帳篷就跟紙糊的差不多。

剛剛一窩蜂殺進來，衝進這些帳篷，揮動手中兵刃就是一通亂砍，結果帳篷裡面空空如也，連個人影都沒有！

那些發出驚慌失措叫聲的，其實是一群輕功極佳，到處放火的人！

不知不覺間，大片火海就已將這三千妖兵給包圍了！

率領妖兵的妖將首先發現不對勁，正想招呼各自手下硬闖出去。

忽然間，從四面八方、鋪天蓋地的箭雨宛若蝗蟲過境，密密麻麻朝著他們傾瀉下來。

全都是強弩！

距離很近的情況下，隨便一枝箭都能深深射進堅硬無比的夯土城牆中！

別說這群「偽先天」，就算是真正的先天武道修行者，面對這種箭雨，能夠僥倖逃過一劫都算是老天爺保佑！

「噗噗噗！」

箭矢入肉的嚇人聲響接連傳來，一個個妖兵嘶吼著倒下，體內妖種生出醜陋妖物，繼續迎接箭雨。

此時四周的火海不僅引燃連成一片的帳篷，同時引燃了帳篷下面鋪著的厚厚一層燒柴！

這是大量趙軍用了大半天時間，幾乎砍光了周圍所有小山才完成的！

本來這種舉動十分正常，如此龐大的一支軍隊，每天光是做飯所需的柴火都是一個驚人的數量。

可是又有誰能想到，宋煜竟然料事如神的將這些柴火全都均勻丟到了軍營裡面？

所謂料敵機先，便是如此！

如果來的敵人是正常的齊軍，給軍營來一波火箭，都能將天燒紅！

但對宋煜來說，既然開封城裡是大量的妖兵，打法肯定會跟傳統戰爭有所區別。

其實就算是他，如果帶著一支五六千先天武道修行者組成的軍團，面對幾萬敵軍，很有可能也會直接衝上去。

還需要用什麼技倆？面對這群土雞瓦狗，一波推了就是！

所以他跟老頭商量一下，老頭也覺得對方很可能會趁著大軍立足未穩，用大量妖兵進行偷襲，但宋煜也沒想到對方這麼迫不及待。

他本以為還得費點心思將敵人引出來，結果敵人的配合得都讓他有些不好意思。

……

「噹噹噹！」

宋煜此時人已退到高天之上，揮動手中劍，與眼前這位確實很猛的上古丹道境體修大戰。

儘管他一拳打裂對方指骨，但這並不能說明對方很弱，相反的，對方只在頃刻間就已經恢復了傷勢。

面對他這個將金甲神將與肉身融為一體，又用頂級道火煉化過靈力，一身實力同樣無比強悍的人，依然表現得無比強勢，咄咄逼人！

「你都不回頭看一眼嗎？」宋煜一邊打一邊問道。

其實姜鼎這會已經發現不對勁了，他確實是上古修行者中的體修，但身為已經恢復到丹道境一重的強者，感知能力自然不會差。

而且他也只是看起來長得粗糙潦草，心思還是很細的，早已意識到被眼前這長得好看卻心腸歹毒的年輕人給坑了！

但他是那種既然做了，那就幹到底的性子！

雖然中計了，但是如果將宋煜於此處幹掉，那麼這三千妖兵就算全都折損在這裡，那麼趙國剩下那幾萬大軍，也都不夠他和剩下的妖兵殺的！

他能感覺到眼前這年輕人的強大，但他更加堅信，宋煜不是他的對手！

姜鼎一言不發，再次一槍刺向宋煜，又快，又狠！

「噗！」

這志在必得的一槍刺空了，宋煜的身影像是憑空消失了！

下一刻，姜鼎感覺一股巨大的危險驟然襲來。

他怒喝一聲，身體四周瞬間出現一道花瓶肚似的銀色護盾，上面光華流轉，大量符文若隱若現。

「看見了嗎？這就是真正的丹道境手段！」

宋煜原本抹向姜鼎脖子的一劍，劃在這護盾上面，頓時激起大片的光芒。

那些符文竟然朝著他手中劍包圍過來，形成一股巨大吸力，像是要把劍牢牢黏在上面！

姜鼎左手捏著拳印，轟向近在咫尺的宋煜。

右手長槍被他當成大棍，輪起來猛然間砸向宋煜的腦袋！

「砰！」

宋煜肩頭挨了一下，這勢大力沉的一拳，讓他感覺肩胛骨都快要碎了，但有神金戰衣的保護，對方這一擊並未能把他怎樣。

藉著這股力量，宋煜順勢將劍「拔」出來，運行行字祕，身形再次驟然消失在原地，出現在姜鼎頭上，隨後祭出道火燒向姜鼎。

「轟！」

恐怖火光頓時將姜鼎給淹沒，護盾上面的符文被燒得劈啪作響，剎那間就發生了無數次的恐怖爆炸。

姜鼎在火光當中發出驚慌失措的怒吼。

「砰！」

他終於撞開這片火海，腳步在虛空踉蹌著，朝著遠方逃去，而身上護盾已經徹底破開！

宋煜站在那裡冷眼看著。

姜鼎此時心中已是驚駭、恐懼到極致！

這年輕人……竟然也是個恐怖的上古修行者！

而且他居然有道火……他怎麼可能有道火？還如此可怕！

「嗖！」

一支只有手指大小的飛劍彷彿憑空生出，驟然射向姜鼎眉心！

「啊！」

危急關頭，他下意識舉起持槍的右臂來擋。

「噗！」

小飛劍直接從他的右小臂的骨頭中穿過，狠狠釘在他的臉上，當即就把這張粗糙的臉劃出一道深可見骨的可怕傷口，鮮血頓時汩汩流淌出來。

怎麼還是個劍修！

劍仙子？宋煜真的是劍仙子傳人！

姜鼎被嚇得魂飛魄散，邁步就想跑，結果迎頭就撞見一劍刺向他的宋煜！

他右小臂被刺傷，來不及運功恢復，面對這急若流星的一劍，躲避完全來不及，只能硬著頭皮選擇以傷換傷，試圖用手中長槍刺穿宋煜！

但宋煜的速度實在是太快了，行字祕作為身法領域中至高無上的法，哪怕宋煜現在只領悟了一點皮毛，依然不是他所能應對的。

宋煜運行行字祕，微微一閃身，那桿長槍便貼著身體而過。

槍尖的銳氣將他身上衣衫割破，卻是完全沒能傷到他的肌膚，那件神金戰衣防禦能力超強！

「噹！」

姜鼎再次揮動左拳，砸向宋煜刺來這一劍。

宋煜只是手腕輕輕一動，就繞開了這沉重一拳，劍尖刺進姜鼎眉心半寸。

強大的體修渾身骨頭似金屬，更別說最為重要的頭蓋骨，更是被修煉得堪比神金。

與此同時，那支神出鬼沒的小飛劍再次出現，狠狠釘在姜鼎的太陽穴上面。

宋煜這一劍雖然沒能破開頭蓋骨，撳了姜鼎的天靈蓋，但也重傷了他。

更讓姜鼎絕望的是那恐怖道火再次從天而降！

他發出一聲非人的淒厲嚎叫，沒有了防禦護盾的保護，再強大的銅皮鋼骨也擋不住這種道火的焚燒，當即就被燒成重傷，順著天空向下跌落。
宋煜眸光清冷，運轉體內充沛的靈力，居高臨下，一劍斬出。
大江東去！
「轟！」
凌厲的劍氣無比凶殘的斬向姜鼎脖頸。
「喀嚓！」
他這一劍下去，竟然沒能把姜鼎頭顱斬落，一點黃光從姜鼎幾乎被燒成焦炭的身體裡面飛出來，如同劍丸，急速射向宋煜！
那是內丹！
這個傢伙確實剛猛，到了這種時候，想的居然不是逃走，而是跟宋煜同歸於盡！
還真的別說，面對這種打法，宋煜除了施展行字祕閃避，還真沒什麼好辦法。
他的身形驟然消失在原地，但這顆內丹卻像是認準了他，以一種不可思議的速度朝著宋煜追殺過來！
「本尊昔年也曾是一尊神魂境的人仙！」
「即便如今只能勉強恢復到丹道境，依然可以用這種方式殺你！」
「宋煜，今日你必死無疑！」

「嗖！」

宋煜手中劍爆發出一片璀璨光華，自行衝了出去。

是劍靈！

「你叫什麼叫？」劍靈散發出的意念極度冰冷，速度更是快到不可思議，無比精準的刺在那顆急速飛來的內丹上面。

這顆恐怖內丹當即就被切成兩半，連同姜鼎的一縷神魂在內，瞬息間被斬殺！

剎那間，這夜空的高空之上，頓時形成一道恐怖的、足以摧毀一切的能量漩渦，「砰」的一下就將宋煜的身體給轟飛出去。

宋煜嘴角溢出一絲鮮血，他驚訝地看向那邊。

那道能量漩渦的最下方……是劍尖朝上的劍！

他只愣了一剎那，隨即朝著下方被燒成焦炭的姜鼎肉身追趕上去。

此時的大地上，姜鼎被燒得稀爛的身體正邁著大步，朝著開封城方向狂奔。

宋煜敬佩不已，真不愧是上古體修！

內丹都沒了，神魂也被幹掉一縷，肉身又遭遇如此重創，快被燒成碳……居然還能跑！

他臉色冰冷，施展行字祕，很快追上。

姜鼎脖子被砍斷一半，連同眉心、太陽穴一起汩汩往外流淌著鮮血，腳下踉踣著，幾乎跑不動了。他乾脆停下身子，雙眼此時已經變得一片赤紅，死死盯著宋煜，人已經說不出話來，散發出一道神念波動：「非要趕盡殺絕嗎？」

多新鮮啊，這個問題！

宋煜看向他問道：「不然呢？」

不等姜鼎回答，手指大的小飛劍自中突然飛出，「噗」的一下順著姜鼎眉心傷口刺入，這次終於進去了，在裡面一通瘋狂攪動。

姜鼎的腦袋像顆被砸碎的西瓜，「砰」的一下爆開了！

宋煜也在同一時間刺向姜鼎丹田，那裡還有一顆妖種！

「轟！」

就在宋煜一劍刺向妖種的瞬間，一顆只有小米粒大小，漆黑如墨的妖種轟的一聲飛出來，一股恐怖力量自那上爆發出來將宋煜掀飛。

妖種飛到高天之上，爆發著難以想像的恐怖能量波動，虛空都變得扭曲破碎！

剎那間生出個半人半妖，無比醜陋的東西！

上面那張臉，依稀能夠看出姜鼎的模樣，但已然跟個怪物沒什麼分別，就連一口牙都變得細碎尖銳，衝著宋煜發出瘋狂的嘶吼。

「只差一點點！只差那麼一點點，本尊就可以完全煉化這顆妖種，徹底獲得自由！本尊恨啊！」

遠方天空上，劍靈依然在吸收那顆內丹中的能量，更遠的地方廝殺聲依然還很激烈。

宋煜冷冷看著眼前懸在半空這半人半妖的鬼東西，默默運行真經調息著。

被道火煉化過的靈力雖然超級強大，甚至比靈能還要厲害，但跟丹道境的強者比起來終究還存在著巨大差距。

每一個丹道境的內丹，都是以身體為爐鼎，用道火煉化出的神物！

僅一顆讓宋煜無比垂涎嚮往的內丹裡面，就蘊藏著遠勝丹海的充沛能量！

就像圖圖說的那樣，在上古時代，天賦好一點的十幾歲孩子，都能進入靈元境。

像他這種，單純在境界上來說，放到仙路未斷的時代根本不算什麼。

不說修行的法，他也只有道火煉靈力、煉神魂、煉肉身這件事情確實厲害。

即便放眼上古，那也相當了不得。

面對這種丹道境的恐怖修士，短時間內他確實很強，用上道火，的確有機會把對方給陰死，但是時間一長，他能量儲備的弱勢就會顯現出來，比如現在。

已經被折騰成這樣，變成半人半妖的姜鼎，依然還有極強的實力；而他卻是有些消耗過巨！

看著姜鼎在那裡發瘋，宋煜倒是想到了另外一件事。

大妖轉世的楚晗……真的徹底死了嗎？

變成怪物的姜鼎一雙眸子裡閃爍著光芒，看著站在那裡，沒有第一時間發起攻擊的宋煜，又瞄向那把正在吸收他內丹能量的劍！

現在幾乎敢百分百確定，那一定就是劍仙子！

那是我的內丹啊！他心中大恨，卻終究沒有勇氣衝過去跟劍仙子拚命。

就算眼前這個年輕人，他心中也是清楚得很，自己幾乎不可能將對方幹掉，忍不住發出一聲悲憤至極的怒吼，就要朝遠方遁走。

「嗖！」

那把小飛劍在這時候再次驟然發動了！

「噗！」

狠狠刺進姜鼎半人半妖的頭顱裡面，但只進入了一半。

宋煜的力量，確實有些跟不上了。

姜鼎暴怒，發出一聲驚天動地的瘋狂咆哮：「你沒完沒了是吧？」

隨後姜鼎就跟瘋了一樣，朝著宋煜撲過來，伸出已經變得無比尖利的爪子，張開滿嘴細碎的尖牙。

「砰！」

宋煜捏著拳印，重重一拳打出去。雖然能量沒有先前充沛，無法爆發出十成威力，但六七成還是有的。

這一拳重重擊在變成怪物的姜鼎面門，發出一聲沉悶巨響。

姜鼎的爪子則抓在宋煜肩頭，試圖把肩膀抓穿，咆哮著用力——

「咯嘣！」

堅硬無匹的爪子竟然斷了好幾個尖！

「噗！」

宋煜則用葉三娘的劍狠狠刺入姜鼎心臟，手腕用力一擰，姜鼎嘴裡「哇」的一聲噴出一口鮮血，用鑲嵌著小飛劍的巨大頭顱，狠狠撞向宋煜腦袋。

宋煜猛然間往前進了一步，運行真經，觀想金甲神將與其融為一體，用膝蓋重重磕在姜鼎的下體之上。

「嗷！」姜鼎一聲淒厲慘叫。

控制小飛劍的一縷神魂則爆發出全部威力，終於將小飛劍成功刺入到姜鼎這怪物頭顱內部。

半人半妖的姜鼎徹底發狂，在虛空中張牙舞爪，陷入劇烈混亂。

宋煜趁機抽劍後退，揮動手中劍，狠狠斬向他的脖子。

「喀嚓！」

這一次，怪物腦袋應聲落地，鮮血衝天而起。

就連陰魂……都隨著宋煜這一劍而煙消雲散！

宋煜感覺兩腿有些發軟，緩緩坐到地上，往地上吐了一口血沫子。

「老子能殺你一次，就能幹死你第二次！」

第七章

隨後宋煜感覺一陣強烈的眩暈傳來。
媽的，真累啊！

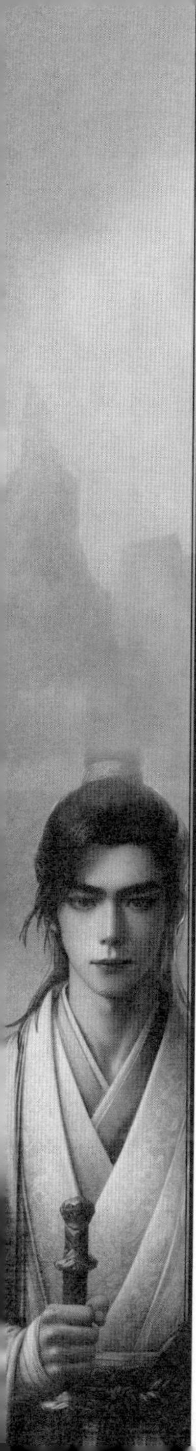

第八章

熱血沸騰的一夜

儘管累到懷疑人生，陷入極度的虛弱。

但宋煜還是很好心的給予這位不知名的上古體修最後體面——將他給燒了。

直到姜鼎在這世上最後的一點痕跡也被燒得一乾二淨，劍靈才「神采奕奕」的回來，劍鞘都在放光！

宋煜沒好氣的看了一眼過去：「大爺，吃飽了？」

「大爺吃飽啦！」劍靈傳遞出的意念波動充滿歡快：「你又沒什麼危險，這不是成功把對手幹掉了？怎麼樣？很有成就感吧？」

「有個屁的成就感。」宋煜翻了個白眼，那種被掏空的感覺依舊還很強烈：「我想要的是碾壓！懂嗎？就是不管面對什麼樣的敵人，老子一劍過去，都給我死！」

「……」劍靈沉默了會，駕馭著劍鑽進印章空間，隨後傳來慵懶的意念：「你啊，別太急了，其實同境界裡面，你已經是無敵了！只是你遇到的對手都太過強大。」

宋煜面無表情地道：「我更喜歡那種特別弱，一巴掌就能拍死的對手，可現在還有嗎？」

「怎麼就沒有呢？」劍靈道：「你們一路橫推攻城拔寨，遇到像樣的對手了嗎？你以為人間像今天這樣的對手能有多少個？」

「對了，說到這件事，你說那個大妖轉世的楚晗……真的徹底死了嗎？」宋煜問道。

「不好說。」劍靈沒有給出一個很肯定的答覆。

這倒也在宋煜的預料之中。

「之前我跟楚晗打的時候，戰力還沒有現在強大，雖然是慘勝，但卻最終把他給幹掉了，今天這個，我在戰力提升巨大的情況下，依舊費了九牛二虎之力才將他幹掉。」

宋煜思忖著說道：「就算這個體修跟楚晗的本體處在差不多的境界，楚晗也不應該那麼容易死掉才對。」

劍靈道：「也許吧，強大生靈確實沒那麼容易死掉，但就算還活著，他也必然遭受重創，你真的以為分魂死了，對主魂沒有影響嗎？」

宋煜道：「我想找到他的老巢將他徹底處理掉。妳別忘了，他也有妖兵，這就意味著楚晗本體的身邊是有雌性大妖的！」

劍靈這次倒是很贊同：「你要是能找到，我自己就能把他們給砍了！」

她剛剛搶了個內丹，一下子就有底氣了。

「算了，還是先做正事吧。」宋煜說著，拍拍屁股站起身，緩緩朝著遠方軍營方向走去。

那邊衝過來一匹戰馬，正是剛剛打完一場大戰的黃騰，渾身上下散發著恐怖的殺氣。

這小子殺完那群妖兵，突然發現哥不見了，頓時急得不行。

好在宋煜跟姜鼎之間的戰鬥動靜也是足夠大，黃騰騎著張二郎送他這匹寶馬，一路風馳電掣趕來。

濃濃夜色中，遠遠看見一道身影緩慢行走在那邊，他一眼認出那就是宋煜。

「哥！你沒事吧？」

宋煜抬起手，衝著黃騰揮了揮。

片刻後，黃騰騎馬來到宋煜身前，小心翼翼上下打量，發現宋煜嘴角有一抹血跡，頓時緊張問道：「哥你受傷了？」

說著黃騰從馬上跳下來，將宋煜扶到馬上，他則牽著馬往回走。

「一點小傷，問題不大。」看著殺氣騰騰的黃騰，宋煜問道：「你呢？今晚的戰鬥怎麼樣？」

黃騰撓撓腦袋，露出個憨厚笑容：「還可以吧，其實沒有上次在廬州那場戰鬥打得痛快。」

宋煜笑道：「還痛快呢，廬州那次多危險啊！」

黃騰認真說道：「危險歸危險，但那種戰鬥帶來的突破也很大啊！」

宋煜心說這倒是，生死戰最是鍛鍊人。

哪怕一名新兵，在戰場上與敵人生死搏殺一次，也能迅速成長起來，更別說黃騰這種武道天賦卓絕的。

是時候給他弄點更高級的武道修行法了啊！

想到這，宋煜不禁有些遺憾。

自身境界還是低了點，若能碾壓剛剛幹掉那位，說不定可以從對方身上弄到不錯的體修之法。

這個念頭剛一生出，腦海中的劍靈便道：「把臨字祕藏給他！」

「啊？」宋煜愣了一下。

黃騰如同他親弟弟一樣，所以不存在捨不捨得。

而是這小子……他能領悟那麼高深的東西嗎？

「臨字祕藏主要是靠觀想，李朝恩既然都能通過臨字祕藏觀想出金身術，你這弟弟在武道方面的天賦比李朝恩強了不止一點，就算觀想不出金甲神將，觀想個天兵天將出來，對他肉身修行也有極大好處！」

「可是要怎麼給他呢？我不行啊……」宋煜滿頭黑線地道。

就算他現在能夠分魂出來御劍，但距離真正的神魂境還遠著呢。

劍靈意念中帶著幾分得意：「這不是有我呢嗎？你難道忘了，你身邊有一個超級大高手？」

宋煜：「……」

他現在多少有點明白圖圖為什麼要把這部分情緒……或者說，是這部分性格給斬掉，丟進劍裡的原因了。

這是否也能從側面說明，曾經的圖圖也是個非常自捧的姑娘？他當年倒是有個特別可愛的小女朋友，也很能自捧自嗨來著。

隨後，他下意識對黃騰說道：「你就站在這裡不要動……」

媽的，真是不能輕易回憶，否則那些梗會在瞬間如同潮水一樣湧上心頭。哪怕成了這個世界的王爺，哪怕擁有著極為高深的修行境界，可骨子裡面的靈魂卻依舊深深懷念著那顆藍色的小星球。

宋煜勒住馬，對黃騰說道：「哥再傳你一種功法，不同於武者的武功，屬於武道修行者才能修行的高級神通。」

黃騰眼睛頓時亮起來，興奮的用力點頭：「謝謝哥！」

宋煜笑了笑：「跟哥說什麼謝。」

黃騰就這樣好，明明一點都不傻，也明明早就看出來宋煜根本不是什麼尋常的武者，但卻能一直忍住，從來沒有開口跟他求過任何東西。

「你就算不要，但哥也會給你！」

等宋煜裝帥裝完了，下面就到了劍靈的表演時間。

大約一個呼吸，劍靈便說：「好了，走吧。」

「這麼快？」宋煜故作驚訝。

「不過是往他精神識海裡面送一篇經文，這很難嗎？」劍靈意念充滿傲嬌。

倒是黑鐵塔似的黃騰，呆呆地站在那裡，臉上露出無比震撼的表情。

「走啦，回去再慢慢修煉，我們有的是時間。」宋煜騎著馬往前走，招呼著站在後面的黃騰。

「哎，來了！」黃騰邁開大步，趕緊追了上來。

……

子時即將過去，趙國的軍營裡秩序井然，並沒有因為剛剛獲取一場大勝而滋生出驕傲情緒。

這也是老李帶兵的一個特色。

從來不會因為一場戰爭的勝利而得意忘形，也不會因為一時的失利就垂頭喪氣。

想要慶祝沒問題，就像在雅州最後那場水淹叛軍的戰鬥，勝利後大家便可以盡情喝個痛快。

但現在戰鬥並未結束，開封府裡面可是還有好多妖兵呢！

什麼時候拿下這座城，什麼時候再談慶功的事情。

老頭內心深處同樣也有些擔憂宋煜，但現在的他就是一名真正的「儒將」。

除了坐鎮中軍，成為那根穩住軍心的定海神針外，任何多餘舉動都容易引起他人誤讀。

因為大量帳篷被焚毀，此刻大量戰士正在搭建備用的，熱火朝天，幹勁十足。

宋煜回來之後，第一時間去見了李朝恩。

老頭身上披著一件厚厚的大氅，大量插在燭臺上的蠟燭將帳篷裡映照得十分明亮。

看見宋煜，老頭終於鬆了口氣，臉上露出笑容：「如何？」

宋煜將過程講了一遍，李朝恩倒吸了一口涼氣：「丹道境的上古修行者？體修？」

宋煜點點頭。

李朝恩微微皺眉，道：「這些曾被封印的人和妖，應該是四十多年前才出來的，因為正是那個時候，北齊突然崛起，一路南征北戰橫掃天下。想不到短短幾十年竟然就有這麼多上古生靈恢復到丹道境，若是再給他們幾十年時間，還不得衝到神魂境，成為人仙？」

其實有句話他想說但沒說出口，害怕打擊到宋煜。

他十分懷疑，現在就很可能已經出現了神魂境，或是無限接近神魂境的可怕存在！

就是不知道宋煜背後的那名劍仙子恢復到什麼程度了。

要是也能接近神魂境，他們也不是沒有一戰之力，所以這話也沒必要去說。

宋煜聞言笑道：「沒關係，他們在提升，我也沒閒著。」

他同樣沒跟老頭說，自己真正接觸修行，其實也只有短短三年！

如果不是當前形勢擺在這——就算趙國沒有任何舉動，齊國跟遼國這兩個列強也不會任由他們繼續發展下去。

他真的想找個地方藏起來，潛心修行個十年八年，天下無敵再出關，橫掃千軍！

可惜誰都不是傻子。

如今天下形勢犬牙交錯，牽一髮而動全身，誰都沒有辦法置身事外。

想要為生民立命，為萬世開太平，不付出艱辛，不經歷血戰，又怎麼可能？和平這種事情，從來都不是祈求來的。

李朝恩看著宋煜，眼中帶著幾分激動：「既然他們主將已死，這開封城，我們應該可以順利的拿下來了。」

宋煜點點頭，剛想告辭回去到門後修行世界好好「補補身子」，外面突然傳來通報聲——

「報，開封甕城區域火光衝天，似乎起了騷亂！」

李朝恩一雙有些渾濁的老眼裡頓時露出殺意十足的眼神，道：「不好，可能是那些妖兵發現主將已死……知道守不住城，想要作亂！」

宋煜站起身，衝著外面說道：「傳令下去，弓箭手四面圍城！但凡見到有妖兵出來，就亂箭射殺！」

「去叫黃騰、趙風清、松本志……隨我一起進城殺敵！」

……

開封城內，足有上萬青壯，在數百江湖人的帶領下，由一名五旬左右，騎著大馬手持長柄大刀的微胖老者指揮，正在跟兩千多不到三千名妖兵殊死搏鬥！

這邊的騷亂，還真的不是妖兵鬧起來的！

雖然城外喊殺聲驚天動地，宋煜跟妖兵主將姜鼎那一戰也無比駭人，但剩下這不到三千的妖兵並不清楚誰勝誰負。

在他們看來，自家主將姜鼎那是真正的頂級大能，上古修行者中最擅長戰鬥的體修！怎麼可能會輸？

所以全都安心的待在甕城的軍營裡面，等待大軍凱旋。

之前城裡一群熱血武者曾經試圖先把城給奪了，等勇王殿下和軍神李朝恩到來，直接開門獻城。

卻被恰好趕到的姜鼎指揮妖兵血腥鎮壓，然而卻並沒有嚇到這群人，更是無法熄滅這座趙國故都裡面的漢人心中那團火！

這些天來，他們依舊在暗中組織串聯。

如今這座城裡幾乎沒有多少齊人，有也只是少部分平民百姓。

那些貴族和大富人家早在趙軍攻打徐州和歸德府，還沒有露出要攻打開封苗頭那會，就已經嗅到危險氣息紛紛舉家逃走。

所以開封城裡的漢人武者，很容易就聯絡到大量有心為國效力的熱血年輕人。

在幾名大宗師，一群宗師的帶領下，聽見外面的瘋狂喊殺聲那一刻，所有人都再也忍不住內心深處那股衝動——他們已經壓抑了幾十年！被人奴役了幾十年！

胸中那股復仇的火焰，到了此時此刻，再也無法壓制！

用馬背上拎著長柄大刀指揮戰鬥的微胖老者，這位開封城裡威名赫赫的大宗師，趙幫幫主張榮的話說就是——

「如果這一戰我們趙國軍隊贏了，這群看著恐怖的齊國士兵定會士氣全無！」

「他們再強，我們也有機會幹掉他們！」

「如果這一戰我們的人輸了，那他媽的，我也跟著一起陪葬好了！」

「幾十年了，終於等到這機會，再也不想受這鳥氣！」

「弟兄們若是不怕死，就跟我殺過去！」

「家裡面是獨苗的，有老母親有孩子要養的……留下！」

一聲令下，應者如雲！

張榮為了這場復仇之戰，為這一天的到來，已經準備了太久！

他創立的「趙幫」看似一個江湖幫派，紀律卻跟軍隊一模一樣，甚至更加嚴格！

四五千幫眾，實力雖然不算太強，大多都是明勁，少部分暗勁，但體內沸騰的熱血，和那顆想要復仇的心，卻讓他們擁有著令人難以置信的驚天勇氣。

就像張榮說的，如果今日依然還是不能成功，那就跟著趙軍一起陪葬好了！不過一死！

經過這麼多天的聯絡，這座曾經有著百萬漢人，如今也有四五十萬的趙國故都裡面，又有數千青壯加入進來。

這些，全都是跟當初海州的張二郎一樣，從小就被爹娘告知——你是漢人，勿忘故國，勿忘國恥！

這樣的一群人聯合起來，所爆發出的聲勢，同樣驚天動地！

但他們卻有些錯誤的估計了雙方的實力懸殊程度。

在張榮想來，就算齊軍派來這個強者軍團再厲害，也經不起這麼多人的攻擊。

他們對修行界的了解……確實太少了！

體內被種了妖種的人，看起來也都是人，而不是妖。

所以張榮做出了一定程度的錯誤判斷，他認為這群齊軍就算都是宗師境界的強者，也並非不可戰勝！

結果雙方乍一接觸，張榮就發現自己錯得有些離譜，不敢相信齊國居然有這麼多的可怕的高手！

然而運勢這東西，就是如此玄妙。

儘管錯誤估計了敵人的戰力，但氣運……卻是在他們這邊！

在殺進甕城之前，張榮就讓手下就以江湖人慣用的套路，先來了一波唬人的「宣傳」——

「姓姜的死了！」

「煜公子已經把你們主將給殺了！」

「你們主將都死了，派出城的那些人也全都死了！」

「還不快快投降！」

人的名樹的影，如今宋煜這個名字，實在太響亮了！

尤其這不到三千人的妖兵軍團裡面，還有七百多之前從盧州城逃回來的！

宋煜究竟有多恐怖，他們都有著更加直觀的感受！

那個永生難忘的夜晚，僅憑身上衝天妖氣就把他們給嚇得戰意全無，嚇得狼狽逃走的轉世大妖都不是宋煜的對手。

他們這些先天層級的妖兵又他娘算個屁呀？

哪怕張榮這些人在他們眼中就是一群螻蟻，可因為這句話，七百多從趙國盧州城逃回來的妖兵，最先崩潰了！

甚至沒有誰去驗證一下事情的真偽，靈元境和化元境的妖將毫不猶豫，第一時間逃走。

哪怕這是曾經的趙國故都，甕城裡面也談不上有多寬敞。

一下子湧進來上萬人，當即亂做一團。

一邊是熱血上湧，不顧性命的漢家子弟；一邊是雖然境界高深戰力強大，但卻被嚇得滿心惶恐的齊國妖兵。

這場本應以卵擊石的戰鬥，居然打了個勢均力敵！

當然，漢家子弟這邊的傷亡數量還是有些驚人。

再怎麼說，先天層級的生靈在武力方面也超越普通武者太多，隨手一揮，就能殺死好多人。

但架不住這群人是真的悍不畏死啊，根本就是以命換命的打法！

三十年光陰，生活在這裡的所有漢人一直過著豬狗不如生不如死的日子。

宋煜上次橫掃齊國南方之前，就算號稱開封第一大幫的張榮，這個真正的九級大宗師，也得夾著尾巴過日子。

哪怕面對齊國一個普通小貴族的呵斥，都得老老實實點頭哈腰。

宋煜橫掃齊國南方之後，情況看起來好了一點，但也得承認，齊人對他們的防備之心和痛恨程度……更加強烈了！

這種日子他們一天都不想過下去，即便明知道各自在家等著趙軍殺進來才是最好的選擇。

可什麼都不做，他們都覺得對不起自己的祖宗！

有這種心態的，不止開封一地！

幾乎所有被北伐軍收復的城市……都是這種現象！

人們等待這一天，已經等了太久！

所以死算什麼？窮困潦倒又沒有尊嚴的事……才是真的生不如死！

張榮這會已經沒辦法繼續騎馬，甕城裡面的人太多了！

乾脆凌空而起，揮動手中長刀，不斷斬向那些驚慌失措的妖兵。

就在這時，遠方天空猛然間傳來一道森冷的聲音：「本王宋煜！已將妖兵姜姓主將擊殺！所有妖兵立即放棄抵抗，跪地投降！否則本王不僅親手殺了你們，靈魂都別想留住，殺到爾等魂飛魄散！」

「轟！」

宋煜這句話如同火上澆油，這群本就熱血沸騰殺意驚天的漢家青壯，就像另一個世界高呼著「大楚興陳勝王」的農民義軍，在被壓迫到極致之後突然間尋到了一個突破口。

爆發出的那種驚人能量……驚天地，泣鬼神！

「殺！」

「殺啊！」

所有人全都咆哮著，揮動手中的兵器，瘋狂往那些妖兵身上砍殺過去。

妖兵是什麼東西？就算這是一群恐怖巨獸，他們這會也敢往上衝！

黃騰、趙風清和松本志三人緊隨著宋煜，速度全都快到不可思議，高高衝上城牆，對那些受不了內心恐懼跳出來的妖兵大開殺戒！

黃騰掄起手中李朝恩專門給他打造的特製黃銅棍，瘋狂輪動，一下一個！

同時他身上竟然偶爾會亮起一道金色光芒！

這麼一小會的工夫，居然就有所領悟？

宋煜都看得目瞪口呆，甚至有點後悔沒早些給這小子臨字祕藏，真是個天才！

趙風清出劍如電，身形如同鬼魅。

這名只從宋煜身上學習了劍道的年輕劍客，硬是憑藉自己的努力，加上李朝恩那邊的資源，也幾乎衝進先天領域，對付這些偽先天妖兵，幾乎就是砍瓜切菜！

松本志跟趙風清一左一右，兩人相互配合，無比默契，剎那間就斬殺了七八個妖兵。

隨後自城牆一躍而下，殺進甕城，朝著那些士氣全無的妖兵展開絕殺。

宋煜今晚消耗巨大，但這會他依舊臉色清冷，擊殺速度遠勝其他三人。

隨著他們四人的加入，本就被嚇破膽的這群妖兵妖將徹底崩潰了，紛紛朝著城外跑去。

宋煜也不追趕，繼續帶著黃騰幾人殺剩下那些。

此時東方已經亮起魚肚白。

那些逃出城，以為可以僥倖存活的妖兵妖將們，根本沒能逃出多遠就被無數突如其來的冷箭當場射成了刺蝟！

如果時間再早一點，乘著最濃的夜色，他們或許還有一線生機，但老天爺都不幫他們！

儘管天色只是微微亮，對視力本就極佳的弓箭手們來說，已經足夠！

城裡城外，瘋狂殺戮！

這熱血沸騰的一夜，所有漢家子弟全都殺瘋了！

時隔三十多年……趙軍重回故都！

……

「咱家過去就跟爹娘租住在在這裡，東京城不比臨安，一到冬天那叫一個冷啊，想要出去撿點柴火是不可能的，街上乾淨得很，必須得出城幾十里上山打柴。那會才八九歲，又瘦又小，還沒力氣，人家都有獨輪車，有錢人家……有錢人家也不用上山打柴啊，咱家只能一捆捆往家扛。」

披著大氅的李朝恩指著一片低矮破舊的房子談笑風生。

他沒怎麼認真梳理，垂下來的一些花白頭髮被風輕輕吹動，臉上雖然在笑，但眼中卻充滿追思與感慨。

「您小時候就是在這裡長大的？」扶著老頭的宋煜問道。

「對呀，東京城好啊！萬國來朝的地方，世界的中心比你家鄉寒江城好多啦！」

老頭輕聲道：「那會雖然富庶得很，但在家鄉最多也只能勉強餬口，來這邊做工，省吃儉用之下還能有些盈餘。當然，居京城大不易，攢下的錢也都是從牙縫裡省下來的。」

「那您後來為何入宮？」

李朝恩沉默了一會：「當時遇到事情了，窮人家嘛，雖然存了點錢，但經不起風浪。」

「當時老娘重病，老爹給人做事摔斷了腿，治好後落下殘疾，沒辦法再做出力活，那會兒咱家還有個弟弟要讀書，乾脆一咬牙，偷偷跑去報了名。」

「唉，一時衝動啊！」

「就選上了？」宋煜對這種封建時代招太監還真不了解，非常好奇。

「沒選上，嫌咱家長得不好看，太過瘦弱，年齡還有些偏大，人家只要五六歲的，從小培養。」老頭淡淡說道：「咱家勝在嘴甜，哀求那位老公公，說沒錢的話老娘就要病死，老爹也幹不動活，還有個弟弟……許是老公公動了惻隱之心，當時就將我給留了下來。」

宋煜問：「之後日子好起來了？」

「嗯，好起來了，老娘病好了，弟弟也有錢讀書了，但被齊狗給毀了！」

說完這句，兩人都陷入長長的沉默。

故都開封已經收回數日，老頭突然心血來潮，讓宋煜陪著他來這裡看看。

也就是落入敵手幾十年，否則李朝恩這種權傾朝野的大宦官故居……怕是早被人修繕一新，派人保護起來了。

「走吧，之前都沒想過，此生居然還有機會回來看看。」老頭最後看了一眼曾經住過的房子，眼裡彷彿映現出當年景象。

他默默轉身，在宋煜的攙扶之下上了馬車。

……

數日後，大軍開拔！

人數也從原本的五萬增加到七萬！

趙軍每收復一座城，那座城的漢家年輕人就會踴躍報名參軍。

多這兩萬人，還是優中選優的結果。

被篩選下來的則作為「預備役」守衛那些城池。

宋煜率兩萬人馬往西北方向的潞州而去。

李朝恩率領五萬攻向東平府，準備拿下之後，再打濟南府和益都府等地。

趙旦跟盧童那兩支大軍，如今已將平陽府、汾州、葭州這些地方全部拿下，

李朝恩入主開封的時候得到那邊傳來的消息，說趙旦那邊兩路大軍已經開始準備朝著太原府、真定府、河間府方向攻打。

大名府和邢州等地則留給了宋煜。

若將這些地方全都給拿下，趙國當年失地幾乎就已經全部拿回來。

到時四路大軍合併一起，便可以劍指齊國都城中都，這種推進速度簡直令人瞠目結舌！

最多明年五六月份，估計不僅可以收回全部被侵占的疆土，甚至已經可以「開疆闢土」！

齊國的衰弱速度和程度，別說宋煜，就連李朝恩都有些不敢相信。

按照時間推算，如今的齊國高級將領，應該就是當年那批百戰百勝的齊國戰士。

結果短短三十多年，軍力就下降到這種地步……簡直令人匪夷所思！

就算齊國眼下真正的精銳都在聚集在西北部，跟遼國打得不可開交，但也不至於空虛到這種地步吧？

太上皇齊坤那條老狗，也都還活著啊！他在幹什麼？

想不通歸想不通，老李、趙旦、盧童和宋煜這群人都不是慣孩子的人。

率領大軍，摧枯拉朽，勢如破竹！

……

建元二十五年，三月初八。

二十二歲的宋煜站在大名府城牆之上，遙望白雪皚皚的北方。

幾十里外，旌旗招展，營帳綿延，一眼望不到盡頭。

二十幾萬齊國大軍正屯兵在那，主將……是齊國皇帝齊兵！

齊國確實是被打急了。

之前誰都沒想到，短短數月形勢竟然就已經發展到這種地步。再不抵抗，恐怕真的會像當年趙國一樣，被人家直搗黃龍，馬踏中都。

與此同時，齊皇也坐在自己的中軍大帳前，往大名府這邊看，彷彿一個輪迴。

他忘不了當年第一次來此地時的風光，當著趙國太上皇與皇上的面玩弄趙國帝姬……

那種滋味，直到今天他都依然記憶猶新。

那次之後，就再沒來過這裡。

想不到多年之後，大名府的城頭大旗……已經換成了「趙」字。

看著那杆大旗，齊皇眼裡充滿複雜。

他甚至有些不敢相信，只因為出現一個宋煜，趙國就能凶猛到這種地步？

感覺像是一人改變一國！

這次他帶出來的二十多萬齊軍，已是整個齊國最後的精銳部隊。

為了這一戰，他還徵集了八十多萬民夫，作為這場戰爭的後勤保障。

這場戰鬥，打的是國運，不容有失！

這會兩匹快馬從大名府方向疾馳而來，順著轅門進入軍營，一口氣奔行十幾里，最終來到齊皇面前。

一名騎士單膝跪倒：「啟稟陛下，信件已經送去！」

齊皇身邊有人問道：「那宋煜和李朝恩的反應如何？」

「回大人，我們並未見到宋煜，也未見到李朝恩……」另一名騎士回道。

「什麼？沒見到？怎麼可能？你們沒說是陛下親筆寫的信嗎？」

「我們說了，但接待我們的是名身材高大的少年，應該是……黃騰黃將軍，他接過信就讓我們回來了，還說……」

「說什麼？」

「說我們要不趕緊滾，要不就一棍子敲死！」

「……」

黃騰如今在齊國這邊也擁有了十分顯赫的名聲，不是因為他是宋煜的弟弟，而是真刀真槍殺出來的！

趙軍在不斷攻克那些城池的過程中，並非所有地方都完全不抵抗，內心深處想著「保家衛國」的齊國軍人也有不少。

越往北方，越是如此，但幾乎無人是黃騰的一合之敵。

他手中那根純銅大棍，敲一下腦漿迸裂，捅一下就是個窟窿，如今已是無數齊國將士的噩夢。

齊皇止住身邊想要發火的人，淡淡說道：「誰接到那信不重要，重要的是朕想看看，孝道傳家的趙國會如何應對？李朝恩到底有沒有膽子，讓他身後的官家背上這個不孝之名！」

……

大名府府衙。

李朝恩看著手中這封蓋著齊國皇帝玉璽的書信，一改往日陰柔，眼裡滿是怒火：「簡直是畜生！拿兩個行將就木的老人就想讓我們撤兵，天底下哪有這麼好的事情？」

宋煜道：「他怎麼說？」

李朝恩氣哼哼把信丟給宋煜：「自己看。」

宋煜接過，仔仔細細的讀了一遍，也有些頭疼：「這是狗急跳牆了嗎？」

李朝恩道：「我們再這麼打下去，過了河間府，可就直指中都了，他能不急嗎？」

宋煜看著李朝恩：「您打算怎麼處理？」

「骯髒東西！咱家一直擔心這件事，沒想到他們真的幹得出來！」李朝恩怒道：「想要憑藉這個就讓我們退兵，交出已經收復的失地，無疑是痴人說夢！別說這些失地，咱家還想一口氣把他們給滅了呢！」

宋煜知道老頭沒撒謊，因為他也是這麼想的。

前陣子遼皇派人送信給他，做出約定，遼國只要齊國西北區域那片幅員遼闊的牧場，趙國打下來的疆土歸趙國所有！

並且告訴宋煜，滅掉齊國之後，他就打算往西。

翻過西邊那條巨大山脈，有大片良田沃土，沒必要在這種時候跟同樣士氣正旺的趙國死磕。

宋煜欣然同意，親筆寫下一封回信交給遼國使者，與遼皇約定，什麼時候天下就只剩下這兩個大國的時候，什麼時候再考慮一分高下這件事。

——待續

國家圖書館出版品預行編目(CIP)資料

我就是劍仙 / 小刀鋒利作. -- 初版.
-- 臺中市 : 飛燕文創事業有限公司, 2024.04-

冊；公分

ISBN 978-626-348-695-9(第1冊:平裝).--
ISBN 978-626-348-696-6(第2冊:平裝).--
ISBN 978-626-348-697-3(第3冊:平裝).--
ISBN 978-626-348-698-0(第4冊:平裝).--
ISBN 978-626-348-699-7(第5冊:平裝).--
ISBN 978-626-348-700-0(第6冊:平裝).--
ISBN 978-626-348-701-7(第7冊:平裝).--
ISBN 978-626-348-702-4(第8冊:平裝).--
ISBN 978-626-348-703-1(第9冊:平裝).--
ISBN 978-626-348-704-8(第10冊:平裝).--
ISBN 978-626-348-705-5(第11冊:平裝).--
ISBN 978-626-348-706-2(第12冊:平裝).--
ISBN 978-626-348-707-9(第13冊:平裝).--
ISBN 978-626-348-708-6(第14冊:平裝).--
ISBN 978-626-348-709-3(第15冊:平裝).--
ISBN 978-626-348-710-9(第16冊:平裝).--
ISBN 978-626-348-711-6(第17冊:平裝).--
ISBN 978-626-348-712-3(第18冊:平裝).--
ISBN 978-626-348-713-0(第19冊:平裝).--
ISBN 978-626-348-714-7(第20冊:平裝)

857.7 113002521

我就是劍仙 14

出版日期：2024年09月初版
建議售價：新台幣190元
ISBN 978-626-348-708-6

作　　者：小刀鋒利
發 行 人：曾國誠
文字編輯：小鯨魚
美術編輯：豆子、大明
製作/出版：飛燕文創事業有限公司
公司地址：台中市南區樹義路65號
聯絡電話：04-22638366
傳真電話：04-22629041
印 刷 所：燕京印刷廠有限公司
聯絡電話：04-22617293

各區經銷商

華中書報社	電話 02-23015389
旭昇圖書有限公司	電話 02-22451480
智豐圖書股份有限公司	電話 05-2333852
威信圖書有限公司	電話 07-3730079

網路連鎖書店

金石堂網路書店 電話：02-23649989
網址：http://www.kingstone.com.tw/

博客來網路書店 電話：02-26535588
網址：http://www.books.com.tw/

若您要購買書籍將金額郵政劃撥至22815249，戶名：曾國誠，
並將您的收據寫上購買內容傳真到04-22629041

若要購買本公司出版之其他書籍，可洽本公司各區經銷商，
或洽本公司發行部：04-22638366#11，或至各小說出租店、漫畫便利屋、各大書局、金石堂網路書店、博客來網路書店訂購。
▶如有缺頁、破損，請寄回更換！

Fei-Yan
飛燕文創